雪降る国から　砂降る国へ

三井修エッセイ集

青磁社

雪降る国から砂降る国へ

三井　修エッセイ集

故里のこと

故里の歌人たち

歌人論

故里のこと

したたみ

塩はゆき細螺《しただみ》を針に刺して食ひき貧に育ちて貧を思はざりき　岡部文夫

能登半島に生まれ育った岡部文夫の歌は圧倒的に冬の歌が多く、夏の歌は少ないが、この作品に歌われているしただみは主に夏のものである。しただみは能登半島で採れる小さな巻貝で、塩茹でをして、中味を縫い針などで取り出して食べる。万葉集巻十六にこんな歌がある。

香島嶺《かしまね》の　机の島の　小螺《しただみ》を　い拾ひ持ち来て　石もち　つつき破り　早川に　洗ひすすぎ
辛塩に　こごと揉み　高坏に盛り　机に立てて　母に奉りつや…　（作者不詳）

意味は、香島（能登七尾周辺の古称）の机島《つくえじま》のしただみを拾ってきて、石で突いて割り、流れの早い川で洗い、辛い塩で揉み、高い器に盛り、机に乗せて、お母さんにご馳走したか?…、ということであろう。

この歌は「日本最古のレシピ」だという人がいるが、はたしてどうだろうか。学術的には、したたみはコシダカガンガラというそうであるが、他の地方ではまた異なった名前で呼ばれているようである。能登で育った私にとっては懐かしい食べ物である。地元では現在も海水浴のついでに採ったり、町の魚屋の店頭に並べられるようだ。近くの和倉温泉では料理の前菜に出てきたりもする。

ところで、万葉集のこの歌に出てくる「机の島」であるが、七尾西湾に浮かぶ小さな無人島である。名前の由来は机形の石があるからだという。尚、机島を現地調査した犬養孝氏は「島を取り巻く岩石には所狭しとシタダミ貝が棲息し、岩肌をはい回る貝の動きさえ透き通って見える。全国どこにでもみられる貝だが、こんなに密生しているところは珍しい」(『万葉の旅』)と書いている。数年前のことだが、石川県出身の歌人数人で、地元歌人も交えて七尾で吟行会を行ったことがあった。七尾西湾に面した宿から海上の能登島の手前にその机島が見えた。翌日の行動について相談したところ、参加者の一人が是非この机島へ行きたいと言う。近くの漁師と交渉し、翌日、漁船をチャーターして一行で行ってみた。最近は訪れる人がほとんどいないとみえて、小さな木の桟橋は相当に朽ち果てている。やっとのことで上陸してみると、数分で一周できる小さな島である。雑草が生い繁った中に町の立てた案内板と犬養孝揮毫の前記「能登國歌」の歌碑がひっそりと立っていた。

岡部の歌に戻りたい。日本全体が貧しい時代であったが、その中でも日本海に突き出ている能登半島は文化的にも経済的にも後進地であった。しかしテレビもない時代では、岡部の歌のように、その貧しさを殊更に意識することはなかった。岡部はこんな歌も残している。〈能登の村狭し貧しと棄てて出でしものの多くも富むにはあらず〉。しかし私にとっては懐かしい故郷である。したたみの他にも、今では考えられないような凄まじいばかりの数の蛍の乱舞、松明を灯して夜のあぜ道を行進する虫送り行事、涼みに出る神様をお迎えする賑やかな「お涼み祭り」、天地を圧するような蛙の斉唱、そんなものが夏の能登の夜の風物詩であった。

私自身は二十年前砂漠にあってこんな歌を作った。

追憶に数限りなく蛍炎えうつつに戻れば砂の飛ぶ音　『砂の詩学』

父のこと

三井　修

母逝きてはや二十年いつしか父の歌にも出づることなし
北の地に二度娶りたる白髪の父に背きて如月弥生
母が逝き今父の病む故郷の半島は北に鋭く立てり

十一年前に出した第一歌集『砂の詩学』の中で私は父をこんなふうに歌った。「背きて」というのは一つの修辞であり、字義通りに裏切った訳ではないが、小さい時から私は父に愛情と共にある距離をも置いていたように思う。私の父、三井健二（一時、「三井健」というペンネームも使用していた）は明治四十二年に能登半島の中ほどにある笠師保村（現・七尾市中島町笠師）に生れ、旧制七尾中学を卒業後、どういう経緯からか、同じく能登の穴水町生れの母と結婚して、当時、日本の植民地であった朝鮮半島に渡った。朝鮮総督府専売局に務めていて、朝鮮各地を転勤していたらしい。終戦後、妻と三人の男の子を連れて、日本に引き揚げてきて、やがて当時の日本専売公社金沢地方局に職を得た。最初の金沢勤務で私が生れ、それから福井出張所、輪島出張所と家族を連れて転勤して歩いた。輪島出張所在勤時に笠師保に一人で暮らしていた父の父が脳梗塞を起して、体が不自由になり、一人暮しが難しくなったため、母は長男の嫁として父と高校生と中学生の長男、次男を輪島に残し、小学校五年生の三男と同二年生の四男（私）を連れて、舅の面倒を見るために笠師保の家に移った。数年後に父が七尾出張所に転勤になるまで、母は輪島と笠師保の間を行ったり来たりしていた。私は笠師保の父の生家から笠師保小学校、中島中学校、七尾高校に通学し、卒業後は東京の大学に進学した。

我が家で最初に短歌に親しんだのはこの母らしい。後日、母の七尾高等女学校時代の同級生は私の顔を見ると「あんたのお母さんは文学少女やったがいね」と言っており、少女時代は当時の少女たちがそうであったように、短歌に親しんでいたらしい。私も小さい時に母からよく与謝野晶子の短歌を教えてもらった。母から教えてもらった晶子の「海恋し潮《しほ》の遠鳴りかぞへては少女《をとめ》となりし父母の家」などはいまでもよく覚えているが、穴水町の海辺に育った母は、この晶子の歌に自分の少女時代を重ねていたのかも知れない。私が大学生の頃に何故か母は短歌の鑑賞だけでなく、実作に興味をもったらしい。そして、それが直ぐ父に影響して、今度は父が短歌を作り始めた。その辺りの経緯について父は自らの歌集『冬日』の「後記」に「私が短歌を始めたのは昭和四十五年で、今は亡き妻との不図した会話がきっかけとなり文字通り六十の手習いで六十歳の年であった」と書いている。昭和四十五年というと私が東京で大学生活を送っている時であった。休暇などで帰省すると父はよく短歌結社誌を読んでいた。短歌には多少の関心はあったが、結社というものに全く無知だった私はそんな父を胡散臭い目で見ていた。やがて父は金沢に本拠を置く結社「新雪」を拠点とし、香島津短歌会など地元のグループにも籍を置いて旺盛に短歌を作るようになっていた。私が大学を卒業する前には母は癌でなくなり、数年後に父は再婚した。その間、父はますます短歌にのめりこんでいった。私は短歌そのものは好きであったが、やはり父とは距離を置いていた。それは別に父の再婚とは関係なく青年期の男にありがちな自立精神だったと思う。私が父の短歌を素直に読めるようになったのは、父が脳梗塞で倒れてからであった。若い時は理由もなく敬遠していた父を、ようやくその生涯が見渡せるようになって、客観的に見られるようになったのだと思う。大学を卒業して商社に勤めていた私は、指折りながら幼い短歌を作り始めた。そうして、兄たちから資金を募って父の歌集を出した。父のただ一冊の歌集『冬日』には次のような作品がある。

三井健二

子ら四人あれば夫々の性もちて末の一人は短歌詠むといふ
麻痺の手の爪のびざるに気付くとき梅雨さめ暗く雷しきりなり
夜を疎むわがこの頃をやさしみて妻は少し酒飲めと言ふ
かなしみの極まる心か海に来て海見しときし泪ながるる
ほろほろと山鳩の鳴く卯月尽人に逢ひたく家を出でたり

父は先の脳梗塞が、今度は心筋梗塞となって発作を起し、私が海外駐在中に、帰らぬ人となった。私は知らせを聞いて急遽帰国したが、葬儀の席で地元の歌友が厳かに弔歌を朗詠してくれたことが忘れられない。

帰国してから纏めた私の第一歌集『砂の詩学』を父が見ることはなかった。『砂の詩学』の出版記念会の時、私は案内状発送リストに父が所属していた「新雪」の主宰者、津川洋三氏を入れた。遠方であり、もとより出席は期待せず、ただ、「新雪」に世話になった三井健二の息子がこんな歌集を出しましたという報告のつもりであった。しかし、当日津川さんはわざわざこのためだけに金沢から上京して下さった。会場に津川さんの姿を見つけて嬉しかった。私は司会者に耳打ちをして、批評会の後の懇親会の乾杯の音頭を津川さんにお願いしてもらった。

父の歌集からもう少し歌を引いてみたい。

軒雪に翳りて暗き部屋うちに灯して冬の一日をこもる　　三井健二

大学を卒業してから冬に能登へ帰ることは全くなくなった。冠婚葬祭などで帰る時も大体が春や秋である。能登の雪をもう三十年以上も見ていないが、小さい時は本当に雪が沢山降ったと思う。小学校低学年であった輪島では、自分が小さかったせいもあるが、道路の両側の雪が自分の背丈よりもはるかに高かった。雪で七尾線がよく不通となり、少年雑誌の発売を楽しみにしていた私は毎日書店へ行き、書店の人が気の毒そうに、汽車が不通でまだ雑誌が届いていないことを告げた。笠師保でも屋根から落ちた雪が軒下に積もり、屋根と繋がってしまうことも珍しくなかった。この一首のように、家にこもって電灯を点けて生活していた。

能登の海真白にかがやく初夏は来ぬあな瑞々と立山の藍　　三井健二

私は七尾高校へは汽車通学だったが、三年間皆勤だった。当時の七尾線は気動車であったが、何故か、私が通学に利用する朝の一列車だけが昔ながらの蒸気機関車だった。汽車の窓からみえる七尾湾は夏は陽光を受けてきらきらと白く輝き、遠く立山連峰が見えた。父のこの一首を読むとそんな青春の日が甦ってくる。ただ「あな」辺りは少しポーズが見え透いてしまうと思う。

久に来し金沢駅の様変わり惑いつつ佇つ切符自販機の前　　三井健二

私も今では金沢へ行くのは慶弔の折りぐらいになってしまったが、金沢の変貌ぶりは著しい。金沢だけでなく、日本中の地方都市がそうなのであろうが、画一化されていっているような気がする。今ではもう、金沢生れだからといって友人を案内することも出来なくなってしまった。父の場合も同様だったらしい。駅の省力化、無人化による自販機の出現などは明治生まれの父には戸惑いだったのであろう。「自販機」などという省略の仕方はいろいろと議論のあるところで、私なども出来れば使いたくないが、この場合はやむを得ないであろう。晩年になって短歌を作り始め、生涯にたった一冊の歌集を残して死んだ父。その父が逝ってからもう十五年ほどになる。生前の父が世話になった人も、津川さんをはじめ県内の歌人の中に大勢いらっしゃると思う。この場を借りて改めて御礼を申し上げたい。

能登の熊

私が育った能登半島には昔は熊はいないとされていたが、ここ数年目撃情報があるという。それが今年はなんと能登島でも目撃されたというニュースがあって驚いた。
能登島は能登島大橋などで半島と繫《つな》がっている。まさか熊が泳いで島へ渡ったわけではないだろうから、やはり橋を渡ったのであろう。過疎地の橋とは言っても昼間は車も結構通る。深夜に車が途絶えた頃を見計らってトコトコ渡ったのだろうか、一頭ではなく家族で渡ったのだろうか、などと想像してしまう。いずれにせよこれからは能登でも人間と熊との共存が問題となってくる。

単独の熊のあはれは思ふだに人におどろく鼓動やいかに　三井ゆき
そののちを撃たれたる熊が映りをり柿の木に実をもぎゐるところ　花山多佳子

お互いに平穏に共存する方法の模索が必要であろう。

能登の少年

ふるさとを遠きに老いて吾が恋ふる或いは能登のまろき豆腐を　　　岡部文夫『雪代』

中島町（現七尾市）に住んでいた子供の頃、夏は茶碗豆腐というものをよく食べた。近所には商店などない田舎のことである。七尾市の石崎という地区から行商のおばさんがよく来ていたから、その人から買っていたと思う。名前の通り、茶碗に入れて作っていたのであろう、茶碗の内側の通りの半球の形をしていた。更に、中には辛子が入っていた。高校を卒業し、東京へ出て来て、豆腐とは四角いものであり、普通は醬油と卸し生姜で食べることを知った。あの茶碗豆腐は能登（或いは、石川県）独特のものであったらしい。他所の人には、あの形はともかくとしても、辛子で食べるということが奇異に思えるらしい。

岡部のこの一首を読むと、今の私が作ってもおかしくない作品だと思う。私もまた、故郷を遠きに老いてきた。時々、小さかった頃のことを思い出す。父母はまだ若く元気であり、兄たちもいた。「能登のまろき豆腐」、すなわち茶碗豆腐もその思い出の中に含まれている。私自身も、幼いながらも、未来への漠然とした、しかし限りない希望に満ちていた。不自由な田舎暮らしながらも、それなりに幸福であったと思う。

故郷を離れて老いてゆく人の場合、思い出すのはどうしても小さいころに馴染んだ食べ物であることが多いようだ。私の場合は、茶碗豆腐の他に、笹餅、茸、海鼠、白菜漬けなどがある。

半生の或いはすべて幻で我はいまだに能登の少年　　三井修『砂幸彦』

七尾高校を卒業した後、東京外国語大学でアラビア語を学び、商社に就職して、三十年近くほぼ一貫して中東アラブ世界の仕事をしてきた。駐在ベースで延べ六年、東京本社にいた時も始終長期短期の出張をしていたので、それも入れて通算すれば中東滞在は多分延べ七、八年にもなろうか。その間、中東では様々なことがあった。ナセルの死、レバノン内戦、イラン革命、イラン・イラク戦争、湾岸危機、湾岸戦争、南北イエメン統一、アラブの春、シリア内戦等々。それらを身近に目の当たりにしてきた。時によっては当事者の一人ともなった。中東世界全域を隅々まで廻った。会社を退職後は大学院で勉強したりしたが、結局、政府系シンクタンクに再就職して、中東の研究を続けてきた。そして数年前にそれも退職した。私生活でも、学生時代に母が亡くなり、その後父が再婚し、私も結婚した。その父も私の海外勤務中に亡くなり、長兄が亡くなり、義母も亡くなり、能登の我が家は空き家となってしまっている。現在はその空き家の処分に頭を悩ませている状況である。

能登を出てから世界中の余りにも多くのものを見ていたためか、少年時代の能登での思い出がなにか遠い夢の事のように思えることがあった。最近は、能登を出てからの半世紀こそが夢の中の事であったのかも知れないとさえ思うようになった。「邯鄲夢」という中国の言葉のように、目が覚めてみたら、私はいまだに能登の少年なのかもしれない。

父の短歌

私の父は田舎の無名の歌詠みだった。歌集が一冊だけある。明治の末期に能登で生まれて、旧制中学を出た後、結婚後どういう経緯からか、朝鮮半島に渡って、総督府の役人になった。戦後、妻子を連れて引き揚げて来て、当時の大蔵省専売局（その後、日本専売公社）に職を得た。北陸三県の田舎町の出張所長などを歴任して、定年退職したが、退職後に歌を作り始めた。

元々、私の母が女学生時代は絵に描いたような文学少女で、与謝野晶子が大好きだったらしい。小学生の私に晶子の歌を教えてくれたりしていた。その母が、四十歳代半ばで何かの拍子に短歌を作り始めた。それを見た父が、これなら自分でも作れると思ったらしく、地方の結社に入って、それなりに勉強したようだ。その後、母は病気で亡くなったが、父の短歌熱は益々強くなった。私の兄が、歌集を出すようにと百万円渡したのだが、父はそれを歌集に使わず、将来孫が遊びに来た時のためにと、古い家のトイレを洋式に改造する費用に使ってしまった。

私は、父がやっているということだけで、短歌を敬遠していたが、父が脳梗塞で倒れたあと、父がこれほどまでに熱中している短歌とは一体何なのかと思い、現代短歌の本を読んでみて、今度は私が嵌ってしまった。結局、私が改めて兄たちからもお金を集めて、短歌新聞社から父の歌集を出した。『冬日』という寂しいタイトルのシンプルな装幀の歌集である。
その歌集に末っ子である私のことを歌った作品が幾つかある。

母なれば哀しきものが己が身の今を果つるも子らの食事言ふ

確かにあの時、夜行列車で病院に駆け付けた大学生の私に、母は苦しい息から、病院の食堂で朝食を食べるように言っていた。但し、「哀しき」は言い過ぎだろうと思う。

男二人為すべき家事も定まりて亡妻の四十五日を迎えぬ
妻在《あ》らば馳走をもらむ夏祭寿司を買ひきて子と二人食ふ

母が亡くなったのは六月のことで、私はそのまま夏休みが終わるまで田舎の家で父と二人で暮らした。

本籍地を千葉に移すと子の言ふを諾ひつつも淋しさはあり

私は戸籍謄本をいちいち取り寄せるのが面倒で、居住地に本籍を移してしまったが、父はそれが淋しかったようだ。

子ら四人あれば夫々の性もちて末の一人は短歌詠むといふ

男ばかり四人兄弟の中で、結局、末っ子の私だけが歌を作っている。こうしてみると、たいしたことのない歌ばかりであるが、父の為に少し弁護すれば、嘱目詠には多少いいものもある。

朝に食ぶる汁に入りゐし柚子皮のほろほろ苦し秋ふかみつつ

わたしの原風景

故郷の雪の夜に居ると思うまで月光盈ちて明るき砂漠

三井修

雪深い北陸で生まれ育ったが、大学を出てから就職したら、アラビアへ転勤になった。駐在中、よく夜の砂漠へドライブをした。夜の砂漠は街の灯火がないので、星空は実に凄まじい。プラネタリウムで見るよりもはるかに多くの星が、文字通りビロードのような漆黒の空に犇めき合っている。原始人が見た夜空とはこんなだっただろうと思う。

「月の砂漠」という童謡もあったが、月夜の砂漠も素晴らしい。明るいが無彩色である。墨絵という感じとも違う。そのうち、これは故郷の能登の雪の夜の光景と同じだと思うようになった。

全ての輪郭が明瞭であり、全てが無彩色なのである。全てが静かで、全てが自らの存在を静かに主張しているのである。私はアラビアの砂漠に居ながら、少年となって故郷の能登の雪の夜に居るような錯覚に襲われた。これから家に帰れば、まだ若い父母が居て、明るい電灯が私を待っているようにさえ思えた。

故郷で暮らしたのが十八年、東京に出てアラビア語を学んで以来、アラビアと付き合い始めて、かれこれ三十年以上、うち、アラビアに住んだのが延べ七、八年になる。最近は故郷に帰ることも少なくなった。たまに帰る機会があっても、大体冬以外の季節である。冬の能登にはもう何十年も帰っていない。

故里の歌人たち

自然詠の復活に向けて　坪野哲久の歌に思うこと

永遠の美、普遍的な真理は類まれな芸術家の内部にあるとずっと思っていた。稀代の芸術家が、内部のやむにやまれぬ衝迫から創造した作品こそが真の美だと思っていた。しかし最近はそうではないような気がする。本当の永遠の美、普遍的な真理は芸術家の外部にこそあるのではないだろうか。芸術家はその外部に存在する美、真理を余人が持ち得ない鋭敏な感覚、感性で感じ取り、それを半ば暴力的に摑み出し、造形化するのではないだろうか。それが芸術であろうと思うようになってきた。永遠の美、普遍的な真理が遍在する外部、それは「自然」と言い換えていいだろう。

短歌の世界でも、かつては自然詠が主流であった。今の若い歌人たちに自然詠は人気がない。私も若い歌人ばかりの歌会に出ることもあるが、自然詠はまったく無視される。もちろん、点数は入らない。残念なことではあるが、それを怒ったり嘆いたりしているばかりでは、問題の解決にならない。なぜ、若者に自然詠の人気がないのだろうか。理由は幾つかあげられようが、一つには、既存の歌人の魅力的な自然詠が少ないことが挙げられるだろう。我々自身が、若者にとって魅力的な自然詠を作ってこなかったのではないだろうか。それでは、どのような自然詠を作ればいいのだろうか。坪野哲久に、次のような作品がある。

春潮《はるしほ》のあらぶるきけば丘こゆる蝶のつばさもまだつよからず　『一樹』

時期は終戦直後の早春、場所は哲久の故郷能登半島であろう。日差しは明るいが大気はまだ冷たい。荒々しい潮の音が聞こえてくる丘の上を蝶が越えていく。冬越しをしたためか、或いは孵化したばかりの若い蝶か、その羽根の動きはまだ弱々しい。表現されていることはそれだけで、これは紛れもなく自然詠である。しかし、ここには故郷に対する限りない憧憬、ロマンチシズムと共に、深い精神性が込められている。貧困と病はいかんともしがたいが、国家による、あの想像を絶するような弾圧からはひとまず解放された。荒々しい早春の能登は時代であり、蝶は哲久そのものなのだ。そして「まだ」の一語が未来のあることを思わせる。自然詠の奥深さを感じさせる一首であり、私自身が目標としている一首でもある。もう一首、哲久の作品を挙げてみたい。

しろじろと時雨は沖へふり移りはるけきこだま故郷《ふるさと》の海　『春服』

これも能登の海である。「時雨」であるから季節は晩秋から初冬であろう。陸に降っていた雨が沖へ移っていったという。寒々として淋しい光景である。しかし「はるけきこだま」で、一挙に力強い抒情に転換する。

また、四句から結句にかけて、名詞句を重ねることによって生じる、歯切れのよい韻律が、更に力強さを増している。それは哲久の不屈の精神を象徴するようだ。

このような、哲久の自然詠を味わってみると、自然詠は決して、淡々しいだけのものではないと痛感する。自然詠は十二分に強靭な思想性をも担うことができるのだ。そのような豊かで、奥行きのある自然詠を、我々も受け継いでいかない限り、若者が自然詠に魅力を感じることもないであろう。

哲久の父

いろあせて巷にくらしてをるさまをまさめにみたり父はなげかず　　坪野哲久『百花』

哲久の第二歌集『百花』の中の「寂かなる父」と題した連作の中の一首である。詞書に「(昭和十三年)五月十五日、父はじめて上京す。十年ぶりの逢ひなり。年七十五。」と記されている。哲久の年譜では昭和十一年に「平凡社社外スタッフ」になったとあるが、この時もその仕事をしていたかどうか明らかではない。或いは、平凡社の仕事はもう辞めて、以前と同様に練馬街道に焼鳥の屋台を出していたのかも知れない。前年に長男、荒雄が生まれたばかりである。父にとって十年ぶりに会う息子、久作(哲久の本名)の様子は推測していたとは思うが、その窮乏ぶりを目の当たりにしたのだ。

息子の窮乏のことを父は何も言わなかったが、内心はどう思っていたのであろうか。貧しい生活の中から東京の大学にまで出してやった息子が、定職にもつかず、社会主義運動に身を挺している。短歌の世界で多少名は知られ始めていたとはいえ、日本は殆ど国を挙げてファシズムの嵐が吹き荒れていた時代である。十年ぶりの父子の再会は、懐かしい肉親の情愛と共に、どこかよそよそしかった部分もあったのかも知れない。そんな父にとっては幼い孫の顔を見たことだけが救いだったのだろう。

曼殊沙華埋むる村に歩み入る永訣ひとつ確かめるため　三井修

第一歌集『砂の詩学』の最後の方に収めた私のこの作品には「父の葬儀のため一時帰国」という詞書を付けた。父は数年前に脳梗塞を患い、リハビリを続けていた。当時、私は中東のペルシャ湾に浮かぶ砂粒ほどの小さい島国バハレーン（現在日本では「バーレーン」と表記している）に赴任していたが、ある日のお昼前に、珍しく日本の兄から国際電話があり、「親父《おやじ》がまた倒れた。今度はどうも駄目らしい。」という。その日の夕方慌ただしく日本へ向かった。マニラ経由大阪伊丹空港（当時はまだ関西国際空港はなかった）に着いたのは深夜だった。直ぐに家に電話したら「駄目だった。明後日に葬儀を行う」とのことだった。大阪駅から東北方面行きの夜行列車に乗って、金沢駅で降りたのが、未明の三時か四時頃だったかと思う。始発を待って七尾線に乗り換え、笠師保駅で降りて、徒歩で山一つを越えて着いた懐かしい家は葬儀のためにごったがえしていた。家の周囲には曼殊沙華が沢山咲いていた。その深紅の色は父を失った私の目に強烈に焼きついた。

「バハレーンの修は呼ぶな臨終の父の言葉を五年経て知る」。その後の自分の作品だが記憶で書いているので。正確には少し違うかも知れない。自分の死期を悟った父は、遥かなアラビアで仕事をしている息子を自分の葬儀のために呼び寄せることを心苦しく思ったようだ。しかし兄はそうもいかないと判断して連絡してくれたのだ。そのことを後になって知った。

新しい歌の発見を

岡部文夫といういぶし銀のような歌人がいた。岡部が亡くなってからもう十二年になるが、彼が富山県氷見市に残した小さな結社誌「海潮」に私が毎月欠かさずに連載している「岡部文夫研究ノート」と題する文章ももう七年目に入った。岡部はプロレタリア歌人として出発し、晩年には幾つかの賞を受賞し、決して無名ではなかったが、死後十二年も経つと、総合誌などで取り上げられることもほとんどなくなる。それでもたまに一部の雑誌などで岡部の名前を見たりすると心底うれしい。

冬の夜の月の光に飛ぶ鷺のおのれしたたるごとくにあらむ
北ぐにの春は寒きにその長さ針魚《さより》の嘴《はし》の朱《あけ》もこよなし
まかがよふ雪に立ちつつ青鷺の群はしづけしその影もまた
月の夜の茫茫と青き雪炎《せつえん》に向きつつかあらむ雉のねむりは

岡部　文夫

生涯のほとんどを北陸に住み、ひたすらに故郷能登の人々、動物、自然を歌いつづけてきた歌人である。特に、このような北陸の厳しい冬を越そうとしている鳥や魚などを歌った墨絵のような作品を読むと、私などは胸がジーンとしてしまう。岡部などはもっともっと論じられてしかるべき歌人だったとしみじみ思う。

かねがね、私は今の歌壇の関心は一部の「有名歌人」に偏重し過ぎていると思ってきた。その人たちにスポットを当てることは理解できる。ただ、現代短歌は「有名歌人」だけが作ってきたのではないことも事実である。近現代の歌壇はごく少数の先鋭的で意識的な「有名歌人」をピラミッドの頂点として、「先鋭的」ではなくとも、良質の作品を作り出す「中堅歌人」をその下に置き、さらに、新聞投稿や地域の短歌サークルに拠る無数の「無名歌人」を広大な底辺とする重層構造であったと思う。もちろん、近現代歌壇の持つ複雑なダイナミズムをこのように単純に図式化してしまうことの危険性はあろう。それぞれの階層はそれほど単純で固定的なものではないことは承知している。それでも近現代歌壇はやはり様々な意味で階層的であったことは否めない事実だと思う。そして、それらのトータルの部厚い総体が近現代短歌なのである。その全体を視野に入れなければ、ここ百年あまりの短歌の全体像を見誤り、短歌にとって大切な何かを取り落としていくことになりそうな気がする。

しかし、歌壇というところはあまりにもこの富士山の美しく冠雪した頂上部にのみ、スポットが当てられてきたきらいがある。一部「有名歌人」への過度の思い入れには主として短歌ジャーナリズムが主役を果たしてきた。生存、故人を問わず有名歌人の個人特集が多く組まれ、それ以外の各種テーマ別特集でもおおむね有名歌人の作品が多く引かれている。これらのことが一部「有名歌人」への過度の思い入れの主な理由であろう。しかし、このことは何もジャーナリズムだけの責任ではない。むしろ記事を書く歌人の側の責任でもある。短歌ジャーナリズムから文章の依頼をされて、有名歌人の今までに散々引用されてきた作品を安易に引いて、その歌に対するまた他の有名歌人の誰かの解釈をなぞってお茶を濁しているケースが多いのが事実である。今までにあまり知られていない歌人を自らの目で発掘するとか、たとえ有名歌人であっても、今まで誰も引かなかった秀歌を発見するとか、あるいは既に人口に膾炙された作品でも、いままでに無い新しい読みをするとかという努力がなされることがあまりにも少ない。

総合誌上に有名歌人の、それも有名な歌が引かれるのはもちろんそれなりの理由があろう。そうすることで、雑誌の商品価値が確実に保証される。特に、戦後歌人と言われる人たちを特集することは、その系譜を引く現在の大結社の多くの会員の購買意欲を直接的に刺激する。「当結社の創始者の特集をしているから」と現在の主宰者が会員にその雑誌の購入を勧める場合もあろう。それで部数が増えれば雑誌の発行者としては歓迎すべきであるし、その雑誌が商業ベースで発行されている以上それは極めて当然のことである。

「有名歌人」はおおむね同時に、歌壇の最先端を切り開く「先端歌人」でもある。ここで敢えて「おおむね」と入れたのは、「有名歌人」であっても先端的でない人もあり、「有名歌人」でなくても先端的な歌人がいるからである。「おおむね」という副詞はここではどうしても必要であるが、総体的に「有名歌人」のかなりの部分が先端的である。あるいは過去に先端的であったことは事実であろう。したがって、「有名歌人」と「先端歌人」はほぼ一致するが、必ずしも完全に重なるものではない。以下、「有名歌人」と「先端歌人」をその文脈に応じて使い分けていく。総合誌などに多く引かれているのは、その歌人が「先端歌人」だからということよりも、やはり「有名歌人」だからのようだ。

昨年の夏、「綱手短歌会」が創刊十五周年を記念して『堀内卓・望月光――明治の青春と抒情の黎明』という共同研究を刊行した。明治期の信州松本平に生を受け、近代短歌の片隅を彗星のように駆け抜けていった二人の青年の短かった生と短歌を掘り起こした貴重な資料である。この研究は、二人の作品集はもちろん、書簡や、東京美術学校で学んだ望月の「絵日記」、未刊の原稿『蝶類写生図鑑』原画など図版も多数収めた資料的なものである。「綱手短歌会」の多くの会員が関わったこの資料は、これまで恐らくほんの一部の関係者以外には知られることのなかったであろう二人のみずみずしい抒情をほぼ百年後に鮮やかに甦らせ、今後に長く残すことになった。まさに貴重な業績であると思うし、その結社の創始者や主宰者ではなくて、同じ系譜に繋がるものとはいえ、無名の歌人の生と作品を掘り起こした意義は大きいと思う。

「綱手短歌会」が掘り起したこの二青年の作品を紹介しておきたい。

入海のきはまるはては東峰と西峰の裾が海をつつめり　堀内　卓
はだにつく汗のぬめりのひる寝ざめ夕べかげせるだありあの花
光透く岩淵きよみ小魚らの来去るまがひに腹光り見ゆ　望月　光
うす色に花開きたるコスモスの揺るる間惜しく妹をしぞ思ふ

堀内の一首目の、山裾が湾をつつむという把握はすぐれて詩的である。二首目もリアルな感覚の歌であり、「だありあ」という表記が今は新鮮に感じられる。望月の一首目は良質の写生であろう。二首目の相聞歌も切ない。驚くことに、どれも百年近く経っても少しもその力を失っていない秀歌である。この堀内卓、望月光に代表されるような地方に住む無数の無名歌人たちが近代短歌を支えてきたのだ。決して少数の「有名歌人」だけが短歌を作ってきたのではない。「有名歌人」が近現代短歌の新しい地平を切り開き、短歌を発展させ、リードしてきたことは事実であり、それに正当な関心を寄せていくことは極めてまっとうなことであり、かつ、必要なことである。しかし、彼等の先端的な業績は短歌史上に突然変異的に現れたものではないであろう。「先端歌人」の業績を生み出す土壌となった部厚い層を抜きにしてその頂点のみにスポットライトを当てたのでは、その「先端歌人」の業績そのものをも歪んだものとしかねない。

平成も今年で十五年となる。大正が十四年で終ったことを思えば、昭和が終って既に大正年間に相当する期間の一時代が過ぎたのだ。この平成の十五年はどんな時代であったのか。東西対立という国際構造の変化、日本経済の崩落、情報化社会への急速な傾斜。老齢化社会への移行など、断片的には思いつくが、現にその時代を走り続けている我々にはまだまだ全体像が見えない。見えにくい時代だからこそ、今の時点で何かを容易に捨て去ってはならないと思う。短歌も同じかも知れない。トータルな短歌総体の中のその頂点だけを残すことは正しくないであろう。平成十五年の年の始めに改めて痛感することは、過去・現在のいわゆる中堅実力派歌人、無名歌人の中から秀歌を発掘して、正しく伝えていく必要性である。

私は何も短歌史的意義だけを言っているのではない。今まで論じられることの少なかった中堅実力派歌人を深く掘り下げること、誰も知らなかった無名歌人を自分自身の目で発掘していくことは何よりもまず我々自身の喜びである。また、人の下した評価に無批判に従うのではなく、自分自身の評価基準に忠実であるということはすぐれて文学的姿勢である。そのような自覚的な姿勢は自分自身の短歌をも豊かにさせることである。誰も知らなかった秀歌を発見し、新しい読みを与えていくことは、例えば、自然の中の誰も見なかった部分を見ることであり、誰も歌わなかった部分に意識を及ぼすことである。それは自分自身が短歌の新しい分野に一歩踏み込むことに繋がるような気がする。私自身も、岡部文夫のことにこだわり続けるのは、単に岡部文夫という人やその作品が好きだからということだけではなく、岡部を研究することで、自分の作品世界が豊かになることに繋がると信じているからでもある。

それでは、どのようなところから、新しい歌を発見していくのか。一つには、既に評価の定まった「有名歌人」の歌で、今までに誰も引いたことのなかった歌を発見したり、或いは既に引かれている歌でも、いままでにない新しい読みを与えることであろう。例えば、現在は人口に膾炙している坪野哲久の〈曼珠沙華のするどき象《かたち》夢にみしうちくだかれて秋ゆきぬべき〉を最初に評価したのは塚本邦雄だったという。それまで恐らくは熱烈な坪野ファンさえも見逃していた作品に塚本が息を吹き込んだといっていいのかも知れない。塚本が評価したとたんに、この歌は生命を得たが、同時にその瞬間、他の歌人はこの歌を最初に評価する栄誉の可能性を永遠に失った。いろんな有名歌人の全歌集などが刊行されるとこのような新しい歌の発見が容易になろうが、多分そのような新しい歌の発見は、その有名歌人の結社に属する人間よりも、全く別の系譜、作風で、しかし、短歌史を見渡せるパースペクティブを持つ優れた歌人によってなされるのであろう。

次に、決して無名ではないが、いわゆる先端的な「有名歌人」でもなく、特にその死後は短歌ジャーナリズムで取り上げられることの比較的少ない歌人を継続的に掘り下げていくことも大切なことだと思う。これらの「実力派歌人」は概ね独自の作風を持ち、密かなファンが多い。私にとっての岡部文夫がそうであろうし、昨年『歌ひつくさばゆるされむかも』という評伝にそれまでの成果を纏めた秋山佐和子の三ヶ島葭子の研究も大きな反響を呼んだ。他にグループの研究として大下一真を中心とする山崎方代の研究、川村ハツエを中心とする大野誠夫の研究なども思い浮かぶし、私の知らないところでの研究も沢山あることだろうと思う。このようなケースは、私の岡部研究や、川村の大野研究の例のように、郷里出身の歌人だからという場合も多いようだ。

この種のタイプの研究は、新しい作品の発見というよりも、その歌人の人柄や実人生に魅力を感じたりすることがモチベーションとなっている場合が多く、作品、実生活を含めてその歌人の全体像を浮き彫りにして、広く伝えていくことが主な目的となる。このような歌人を自分の内部に持てる事はとても幸せなことであると思う。

さらには、前述の「綱手短歌会」が堀内卓、望月光を発掘したように、全くの無名歌人を発掘することがある。このような研究は往々にして、たまたま新たな資料が発見されたことが切っ掛けとなることが多いようだ。堀内卓、望月光の場合も、同資料の「刊行の辞」（田井安曇執筆）によれば、たまたま「綱手短歌会」会員の一人が望月家に嫁ぎ、光の生家に長く保存されていた資料を目にしたことが発端だったようだ。その意味では、まさに「たまたま」としか言いようがないことであるが、それでも、そのたまたま発見された資料を、読み込み、評価し、短歌史に位置付けていくという作業は意思的なものである。新しい歌を発見していこうとする明確な意志がなくては出来ない仕事である。研究の対象となる歌人は個別的なものではあるが、それを掘り下げることによって、全体が明らかになることがある。この堀内卓、望月光の場合も、単に明治期の信州の青年歌人の個別の姿ではない。サブタイトルに「明治の青春と抒情の黎明」とあるように、当時、日本全国に無数にいたであろう文学青年のサンプルであり、ケーススタディなのである。日本全土に沢山の堀内卓、望月光がいたはずである。この二人の研究を演繹することで、当時の歌壇を支えた歌壇底辺の幾らかでも明らかになったはずである。

このような言い方をすると、いかにも自分が保守的で頑迷な人間のような気がするが、率直に言えば、現在の歌人にはこの新しい歌を発見するという意志と努力が乏しいように思える。特に、若い世代の歌人は、ジャーナリズムが提供する「花形歌人」や、せいぜい自分の周囲にいる同世代の歌しか読んでいないような気がする。自分で努力して、新しい歌の読みを発見する、誰も知らない自分だけの好きな歌人を見つけて、とことんのめり込むといったことをしていない。それは面倒なことではあるが、実はとても楽しいことであり、何よりも自分の歌を豊かに育ててくれるものなのである。確かに一部の若い世代の作品はゼリーかプリンのように口当りが良くて、つるりと咽喉越しがいい。しかし、本当の意味での我々の栄養になるのは、歯応えがあり、何度も顎を使って口の中で唾液と混ぜて咀嚼しなければ咽喉を通らない食べ物なのである。ゼリーやプリンも嗜好品としてあってもいいものではあろうが、それ自体が我々の血肉となる要素は少ない。いずれの場合も、まず、自分自身の目で新しい歌を発見するという意志を持って、多くの作品を読まなければならない。

堀内卓、望月光のように、新しい資料が発見されてということもあるが、実力歌人も、その系譜の結社が続くか、その人と作を正当に語り継いでいかなければ、基本的にはその死後徐々に忘れられていく。それは短歌史的に残念であるばかりでなく、後の世代の我々が自らの作歌の糧とすべき豊かな栄養を失っていくことを意味する。人が「名歌」と言った作品だけを無批判に受け入れているのではなく、我々一人一人が自分の目と判断による「新しい歌」を発見する努力をしていきたい。繰り返せば、それは「歌壇」のためではない。我々自身の喜びであり、我々自身の歌を豊饒にしていくためなのである。

氷見

青青と氷見《ひみ》の潤鰯《うるめ》の目にたまる泪のごときものなにならむ　岡部文夫『朱鷺』

時々、テレビの旅番組などで氷見が出てくるが、ナレーターが「能登半島の氷見」というような言い方をすることがある。地図を見る限り、この言い方はあながち誤りではないが、能登に育った者としては、かなりの違和感がある。能登は石川県であるが、氷見は富山県である、氷見市の北隣は石川県七尾市であるが、途中の山中で県境を越えるし、現在は氷見から七尾までの直通バスもない。ＪＲ西日本の北陸本線は、金沢からは高岡を経て富山方面に至るが、氷見は、高岡から支線の氷見線に乗り換えなければならない。古代、都の文化は北陸街道を経て東北に伝わったが、氷見はその本街道から外れていた。もっとも、古代は近くに越中の国府（現・高岡市）があり、大伴家持が国司として赴任していたため、万葉集にも氷見の地名は出て来るし、近世も定置網漁業で栄え、現在も「氷見の寒鰤」は有名である。

戦後間もない昭和二十二年九月、三十九歳の若さで岡部文夫は日本専売局氷見出張所長として、隣の高岡から転任してきた。当時、岡部は初期のプロレタリア短歌時代から歌風を一変させ、「青垣」会員として、橋本徳壽に師事し、歌人としての地位を築きつつあった。既に何冊かの合同歌集、単独歌集を持っていたが、足掛け十年の氷見時代に、『朱鷺』以下八冊の歌集を矢継ぎ早に刊行している。彼の生涯で最も脂の乗っていた時代である。また、氷見時代の岡部を語る上で忘れてはならないのは、東京遊学時代に知り合った棟方志功との再会である。棟方は戦争中から近くの福光町（現・南砺市）に疎開中だったが、二人は再び親交を深め、その縁で、棟方は岡部の何冊かの歌集の装幀をしている。そして昭和二十三年、岡部は田中譲など、氷見やその近郊の短歌好きの青年たちと共に歌誌「海潮」を創刊した。昭和三十一年に岡部は福井県へ転勤になるが、「海潮」は現在も月刊で発行されている。

岡部のこの一首は現在、氷見漁港内の緑地公園に歌碑として立てられている。潤鰯は目が大きく、脂瞼という透明な膜で覆われているために潤んでいるように見えるところから付けられた名前である。一貫して小動物や魚、鳥などを歌い続けてきた岡部であるが、この一首は特に弱者に寄せる彼の気持が滲んでいる。歌碑にこの一首を選んだのは、「海潮」会員であったが、相談を受けた岡部は即座に同意した由である。

大銀杏大黄落の秋の陽に泣かで物言へ氷見の痩面《やせめん》　　馬場あき子『葡萄唐草』

馬場も氷見を訪れ、この作品を詠んでいる。室町時代、氷見に住んでいた僧、氷見宗忠は能面を彫って観音に寄進したというが、詳細については諸説あるようだ。宗忠は日本海の荒波を見つめながら刻んだのであろうか、その面は削ぎ落とされた頬の険しさが壮絶な苦しみと悲哀を感じさせる。馬場が訪れたのは上日寺であろう。境内に国指定の天然記念物である大銀杏がある。幹回り十二メートルで、銀杏の雌株としては日本一とのことである。

大野誠夫と津川洋三

十五年ほど前に亡くなった私の父は石川県内が中心の地方結社「新雪」の会員であったが、その主宰者の津川洋三さんには私もなにかとお世話になっている。私が大野誠夫の名前を知ったのは最初は津川さんの師筋の人としてだったと思う。『現代短歌大事典』で確認すると、大野も津川さんも共に「鶏苑」というグループに属していたことがあるので、その時からの師弟関係ではないかと推測される。その後、どのような経緯からか詳細には判らないが、とにかくお二人は「作風」で歌を作ることになったようだ。

津川さんの第五歌集『驟雪』の「あとがき」に次のように書いてある。少し長いがそのまま引用したい。

昭和四十九年、わたしが第一歌集を出版するにあたり、「作風」創刊者の師大野誠夫は歌集名をいろいろ考えてくださったが、その中の一つに「驟雪」がある。その謂として俄に雪がふる——人生の予期しないわざわいなどを象徴する。更に病気、死などに対する医師の心などを暗示する。北国の風土も併せて象徴する。

と記してあった。結局、そのときは他を採用したが、二十二年後の今日、あらためてこれをいただくことにした。

大野には仕事で北陸地区を廻っていたころの作に次のようなものがある。

陽のさせるときのますぎて驟雪《にはかゆき》まつ毛も泥もみな風のなか　『行春舘雑唱』（昭和29）

本集には「驟雪」という字を、項目として入れた歌はない。ただ現在の気持ちをあらわすものとしてこれがもっともふさわしく思われる。

「驟雨」という言葉はあるが、「驟雪」はないと思う。少なくとも手許の広辞苑には出ていない。現に、私はこの原稿をワープロで作成しているが、まず「しゅうう」と入力して「驟雨」と変換させ、その上で「雨」を削除して、代りに「雪」を入力している。しかし、いい言葉だと思う。何よりも津川さんが師の大野が考えてくれた歌集のタイトルを二十二年後に改めて採用したという話に私は深く心打たれた。

最近の短歌を巡る状況変化の一つに師弟関係の変化があろう。かつては歌人たちはそれぞれ深い師弟関係で結ばれていた。それは単に作歌技術を学ぶというよりも、文学に対する姿勢や、いや、生きる姿勢そのものを師から学んでいた。白秋と宮柊二、迢空と岡野弘彦などがいい例だと思う。大野誠夫と津川洋三もそのような師弟関係だったのかも知れない。しかし、インターネットの発展も寄与してか、現在ではそのような師弟関係はとんと見なくなった。

大野誠夫から津川洋三へ、津川洋三から私の父へ、父からこの不肖の息子へ、私は意外な糸で自分が大野誠夫と繫がっていることを改めて認識する。但し、私は元気だった頃の父からは距離を置いていたので、残念ながら大野の弟子の系譜には繫がらなかった。

風土の歌人　岡部文夫

昨年は岡部文夫の生誕百年であった。現代の歌人は岡部文夫の名前をどれくらい知っているであろうか。岡部と交友関係にあった石黒清介氏が社主である短歌新聞社から関係者待望の『岡部文夫全歌集』が刊行され、それを記念して「短歌現代」十一月号で特集を組まれたが、他の短歌関係ジャーナリズムは殆ど無視であった。

岡部文夫は明治四十一年に石川県羽咋郡高浜町（現志賀町）に生まれた。近所に二歳年長の坪野哲久が住んでいた。岡部は早く生母と死に別れ、継母に育てられた。旧制羽咋中学時代に作歌を始め、同郷の哲久に兄事して「ポトナム」会員となった後、「ポトナム」を離れ、プロレタリア短歌の一時期を経て「青垣」に入会、橋本徳壽に師事するが、昭和二十三年に当時居住していた富山県氷見市で、地元の若い歌人達と「海潮」を創刊し、以降、地方にあって地道に作歌活動を続けてきた。晩年には日本歌人クラブ賞、短歌研究賞、迢空賞などを受賞し、平成二年に福井県春江町（現坂井市）で、急性肺炎で死去した。実生活では日本専売公社（現日本たばこ産業）

に長く勤務した。
私は生前の岡部と会ったことはないが、個人的接点が幾つかあった。一つは、岡部の生まれ育った高浜町は、私が小学校二年生から高校を卒業するまで育った父の生家のある中島町（現七尾市）と背中合わせに隣接しているということである。もう一つの接点は、実は岡部は日本専売公社金沢地方局で私の父の同僚であった。岡部が氷見出張所長をしていた頃、私の父は輪島出張所長であった。還暦の頃から短歌を始めた父が、「こんなことならもっと早くから岡部さんに教わっておけばよかった。」と言っていたし、手紙で事情を書いて直接歌集を乞うた私に岡部は、「あなたが三井健二さんの息子さんですか。」という趣旨の手紙を添えて歌集を送ってくれた。そのような事情もあるが、それ以上に私は岡部短歌に惹かれており、岡部が氷見に残した小さな結社誌「海潮」に「岡部文夫研究ノート」という文章を書いている。毎月欠かさず既に一六〇回であるので、十三年以上ということになる。作品を紹介したい。

雪の夜の天《てん》にかなしき五位鷺のこゑこそ徹れ吾のみ聴《き》かむ

北陸の山河に棲む小さな鳥獣や魚、虫などは岡部が好んで歌にした対象であった。この作品に代表される静謐感、孤独感が岡部短歌の特徴である。

石蓴《あをさ》を食ひ鰯を食ひて米を約《つづ》む隣隣の貧も見たりき
米を惜しむ能登に幼く育ちつつそのおほよそは短命なりき

日本全体が貧しい時期であったが、中でも能登は貧しい地域であった。土地は狭く十分な米が収穫できないので、人々は海草や鰯を食べて貴重な米を節約していた。後年の回想の作品であるが、その貧しさは岡部の脳裏から終生離れなかったのであろう。

冬の夜の月の光に飛ぶ鷺のおのれしたたるごとくにあらむ
炎炎と雪の夜天のはげしさに啼きつつ渡るひとつ鷺のこゑ

鷺と鳶は能登半島でよく見かける鳥であるが、岡部は好んで能登の冬の鷺を詠った。「あらむ」と推量になっているように、実際に見ている作品ではなく、冬の氷見ですぐ隣りの能登を想像している作品である。

北ぐにの春は寒きにその長き針魚《さより》の嘴《はし》の朱《あけ》もこよなし

サヨリは春の能登でよく食べられる魚であるが、長く厳しい冬が終って、早春を迎える雪国の人々にとって、サヨリの口や鰓の朱色は春の喜びそのものである。

杉の幹に縦ざまにしてはしりたるその凍裂の深さを思ふ

最近は暖冬傾向のようだが、能登の冬の寒さは厳しかった。私の小さい時、冬の朝台所で白菜の漬物が凍っていた。水は井戸水を電動ポンプで汲み上げていたが、その配管の塩化ビニール製のパイプの中の水が凍結する際の膨張により、パイプが破裂し、昼になって氷が溶けると、その亀裂から水が迸り出ることが一冬に何度もあった。杉の木も内部の樹液も凍り、その膨張で樹が裂けるのである。冬の夜の布団の中で聞く外の樹の凍裂の音は哀切極まりなかった。

能登はなほ春の寒きに刈りて干す若布を思ふ青すがすがし

能登の知人から若布を贈られた際の作品であるが、岡部は中学を出て東京に遊学し、その後、各地に住んだが、その殆どは、信州、越後、越中、越前など、生まれ故郷の能登の周辺であった。一時的帰省を除いて、ついに能登に住むことはなかった。しかし、彼は繰り返し繰り返し故郷能登を歌い続けた。

能登の夜具被《かつ》ぎてひとり眠りしか幼くて母のなき雪の夜に

私自身も学生時代に生母を亡くしたが、岡部は八歳で生母を亡くした。寒い冬の夜に幼い岡部少年はどんなにか母が恋しかったであろう。

能登びとの心は篤し道道に立ちつつ送る冬の葬りを

能登は浄土真宗信仰の篤い土地である。葬列に出会えば近親者でなくても雪道に立ち見送る。親鸞の忌日に近隣の人達が集まって飲食を共にする報恩講のことも岡部は繰り返し歌っている。
「風土の歌人」という言葉に当てはまる人は何人かいるが、この言葉は岡部文夫が最も相応しいと思う。

富山における木俣修　風土と時代と人生

現在の北陸地方は古代、「コシ」と称した。普通は「越」と表記されるが、古くは「高志」や「古志」とも表記されることがあった。「越（コシ）」はやがてヤマト王権の勢力下に入り、七世紀の大宝律令によって、都に近い方から越前、越中、越後と分割され、その後、越前から能登、加賀が、越後から出羽が分立された。これらの国名は、その後も行政区分を越えて、地域名として長く日本人に親しまれてきて、現在に至るまで、日本人の精神文化に深く根ざしてきた。現在の富山県に相当する地域は、旧国名の越中とはほぼ重なっており、その中心都市は富山市である。現在の富山市は、平成の市町村合併により、富山県の約三割を占める広さの、全国の県庁所在地の中で二番目に広い市になってしまったが、合併前の旧富山市は加賀藩の支藩である富山藩藩主（前田氏）の居城、富山城の城下町として発展してきた。

弱冠二十八歳の青年教師、木俣修が仙台の宮城県師範学校から富山高等学校に着任したのは昭和九年五月のことであった。四月に転任のことが決定して、彼は一旦、東京に出、師である北原白秋宅に泊まり、滋賀県の郷里に回って、五月に着任し、富山市外奥田村永楽町に居を定めた。爾来、昭和十八年三月に「白秋の遺託に応へ」、「多磨」の編集と遺著の整理に当たるため、富山高校を辞し、上京するまでの九年間を彼は富山で暮らした。

『高志』（昭和十七年・墨水書房）の冒頭に白秋は「高志に寄せて」という題で長歌四章及び反歌十首を贈っている。その最初の「雪天の白鷺」は以下の通りである。

高志《こし》の国、岩瀬野の冬、雪もよひ夕凍《ゆふじ》む空を、一羽ゆく妹よ白鷺、たどたどし心かのこる、幽かにか風花降らす。背の鷺は佇《た》ちてこごるを、頸伏《うなぶ》して眼のみ冴ゆるを、水曲《みわた》には且つは氷のひびらぐものを。

反歌

一羽ゆく鷺を思へば蓑毛顕《た》ちうしろなびけり雪もよひ空
水曲《みわた》には雪かも乱る頸伏《うなぶ》して佇《たたず》む鷺の声すらもなく

富山で木俣を迎えたものは豊かな水田が広がる初夏の富山平野、波穏やかな富山湾、雪解け水を湛えて流れる神通川、越中方言の優しい響き、街中の薬屋の看板などであったに違いない。南に聳える立山連峰の頂上にはまだ残雪も望めたであろう。同じ「北国」と言っても、それまで彼が住んでいた仙台とは相当に様子が違っており、その穏やかな風土は木俣青年の心の中に師、白秋への思いや、創作と学問への情熱を掻き立てたと思われる。着任時の歌は、前歌集『みちのく』に収められている。

雪残る峡路越え来し眼に沁みて春日《はるひ》あまねき高志の国原
街筋の旧き薬舗《やくほ》の招牌《かんばん》に行春《ゆくはる》の日の沁むもかなしも
遠く来し身をうち揺りて雪解《ゆきしろ》はとどろき激つこの大河に

一首目の「春日あまねき」には新しい生活と仕事への期待が感じられる。その心の昂ぶりが木俣をして「高志の国原」と歌い上げしめた。富山はまた漢方薬でも有名であるが、藩政時代からの古い薬屋の看板も木俣に異邦人の憂いを与えただろう。流れが穏やかで女性的な印象の仙台の広瀬川に比較して、立山連峰の雪解け水を湛えて滔々と流れる神通川は男性的な印象を与えたであろう。これらの作品には、二十八歳の青年教師木俣修の新しい土地と仕事に対する期待と喜びが高らかに歌われている。やがてこの地で彼が直面する親しい人たちの死の予感は、もちろん微塵もない。

木俣が富山に着任した一九三四（昭和九）年、ドイツではヒットラーが総統になり、ヨーロッパ大陸は風雲急を告げていた。米国は一九二九年に始まった大恐慌にいまだ喘いでおり、ニューディール政策が始まっていた。アジアでも、満州国で帝政が実施され、執政溥儀が皇帝となった。

日本では東北地方を中心に冷害と不漁が相次ぎ、深刻な凶作となって飢餓が発生していた。特に、富山は大正時代に起こった「米騒動」の発端の地であり、人々の脳裏にはまだその記憶が強かったに違いない。文学と学究の徒であった木俣もそのような現実から目を背けているわけにはいかなかった。『高志』には以下のような作品がある。

しんしんと雪降り霧らす夜《よ》の街に軍靴《ぐんくわ》の音《おと》はひと時続きぬ
毛の帽の下にかがやく瞳《め》を見ればこの夜《よ》発《た》ち征く兵うらわかし

そんな中で木俣は白秋と頻繁に手紙を交わし、しばしば上京して白秋宅を訪れている。師、白秋との交流は、木俣にとってかけがえのない珠玉の時間であったに違いない。年譜を辿ると、昭和九年には、白秋と新雑誌創刊のことについて打ち合わせをしており、翌十年四月には上京して「多磨」創刊準備会に出席している。十一年には大和信貴山及び奈良で開催された多磨全国大会に参加し、会の後も白秋に従って尾張一の宮、名古屋に遊んだ。また「多磨」に「『雀の卵』研究」の連載を開始している。十二年八月になると、改造社の「新万葉集」の審査員となった白秋の助手として、成城の白秋宅に滞留した。同年十一月には文部省の学会に出席のため上京し、またもや白秋宅に泊まった。なお、この頃から白秋は視力に障害が出始めている。以下、同様に毎年白秋との親密な関係が続く。特に、十四年には富山高校に入学した白秋の長男隆太郎の指導に当たっている。隆太郎の富山高校入学には、当然、白秋の意向も反映されていたことと思われる。『高志』には、「多磨」の大会などで白秋に従った時の作品や、小題や詞書で白秋宅に立ち寄ったことを明記する作品が多く収められている。

アトリエは絵具しみたる板敷の夕光《ゆふかげ》となりて蟋蟀《こほろぎ》とびぬ

白秋宅近くの画家のアトリエでの作品である。

富山における木俣は幾つかの不幸に襲われた。最初は郷里の父、本宗の死である。昭和十五年二月、本宗は脳溢血で倒れ、木俣は勤務の合間を縫って七、八回看病に通い、妻にも故郷で父の看病に当たらせたが、十一月、父は逝去した。木俣の生誕時、滋賀県愛知郡郡役所勤務であった本宗は晩年一切の公職を離れ、彦根市外の河瀬村の寺院の住職として静かな余生を送っていたという。『高志』にはこの父を歌った作品が多数収められている。

病む父の湯たんぽいくつかへ終へぬ雪夜《せつや》しらしらと明くるころほひ
とめどなき父のねむりや今日もまた百舌鳥《もず》のこゑ寒き夕《ゆふべ》となりぬ
滅びの音《おと》すでにしづまれる火葬炉の扉《と》に対ひつつたどきを知らず
父の忌《き》の精進《さうじ》の食《じき》や雪掘りて摘みたる蕗《ふき》の薹《たう》も添へたり

父の死に続いて、昭和十六年十二月、妻、志ま子が急逝した。『高志』には「覚書」の後に「追記」があり、妻を亡くした経緯や悲しみ、妻への深い謝辞が記されている。以下、多少長くなるが、その一部を引用する。

志ま子は病床で、しばしば「高志」の事に触れて話をした。死の三日前には、「もう私は立派な御本になつた『高志』を見る事は出来ない様に思はれます。死んでゆく私の一番心残りに思ふ事ですが、致し方も御座いません。どうぞいゝ御本になつて、あなたの御仕事がかがやきます様、祈つて居ります。」と言つた。私は涙を隠して「気の弱い事を言つてはいけない。病気は直ぐ治るのではないか。春になつたら、必ず歌集は出るのだから、又二人で上京して先生の所へ御礼に伺はうぢやないか。」と答へた。志ま子は大きな眼でまじまじと私の顔を凝視しながら寂しい微笑を返すばかりであつた。

結局、十二月十三日の夜遅く、白秋から「力を。生きの力を。歌集『高志』の為に。『高志』の為に。」という電報が届き、木俣はそれを妻に読んで聞かせると、妻は「ありがたう御座います。」と言ってとめどもなく涙を流したという。そして、翌十四日午後五時四十五分に妻は亡くなった。妻を亡くした作品は『凍天遠慕』の「雪天悲傷」という章に合計三十九首収められている。

縫ひ了へず汝《なれ》が遺せし色衣《いろぎぬ》のいたいたしかも寒き灯《ひ》のもと　（寒燈―吾妻はや　その一）

きびしかる高志《こし》のみ冬にむつみつつたもちし幸《さち》のまたかへらめや

（うたかた―吾妻はや　その二）

女《をみな》のこゑうつくしくたつ夕巷《ゆふちまた》吾妻のこゑを聴くすべもなし　（眉―吾妻はや　その四）

ここには妻の死後、遺骨を彦根の清凉寺に埋葬し、悲しみにひたるまで、絶唱といえる程の力作が並んでいる。昭和二十二年のデータであるが、日本人の平均寿命は男性五〇・〇六歳、女性五三・九六歳であった。その頃ですらやはり志ま子の三十一歳という享年は早すぎた。そして、前述の通り、昭和十七年、木俣はかけがえのない師、白秋の死を迎えて、彼の富山時代は幕を閉じることになる。

富山における木俣の九年間は彼の人生の大きな転機となった。まず、彼はこの期間に、父、愛妻、師と三人の愛する人を失った。相次いだその悲しみは彼の心に深い陰影を刻んだ。その深い陰影はやがて木俣を歌人として大きく成長させたと言っていいであろう。特に、この期間、物理的距離が逆に深めた白秋との絆はその後の彼の生き方を決定した。昭和十七年十一月二日、白秋は逝去した。木俣は直ちに上京して、葬儀に列し、更に、葬儀終了後も滞留して北原家の家事を手伝った。そして、翌十八年、「白秋の遺託に応へるため」富山高校に辞表を提出して、「多磨」編集を担うために上京するのである。

富山時代から木俣の歌風は変化しているように思える。「行春《ゆくはる》をかなしみあへず若きらは黒き帽子を空に投げあぐ」や「リラの花卓《つくゑ》のうへに匂ふさへ五月《さつき》はかなし汝《なれ》に会はずして」のようなかつての青春性溢れる感傷的で明るいロマンチックな作風は、富山で大きく変り、白秋的美学を貫きつつも、現実的、人間的な作風を強めている。その背景には、ファシズムに向かいつつある暗い時代的影響と、父や妻の死といった人生的苦があろう。それらの内外の試練を経て、自己の内面を深く凝視するようになっている。そして、その苦しい心を癒したのが、富山の町、そこから望まれる日本海や立山の雄大な光景だった。木俣は近代が近代である所以の自我の確立を富山時代に獲得した。風土、時代が木俣修という一人の人間に大きな影響を与えたのだ。

信仰と科学　津川洋三の場合

言うまでもなく、石川県は「真宗王国」である。能登に暮らしていた筆者の少年時代の思い出として、報恩講などの浄土真宗の宗教行事が日常生活に溶け込んでいたと思う。能登出身の歌人、岡部文夫の作品では「信篤き」が「能登」に掛かる枕詞の様に使われている作品がざっと調べて十首以上ある。

信篤き一向宗の能登の村寺を守《も》りつつ海に生き来ぬ　『晩冬』
能登びとの心は篤し道道に立ちつつ送る冬の葬りを　『雪天』
信篤き能登ゆゑ朱鷺の残りしと言ふを諾ふ吾はひとりに　『能登』
信篤き能登に老いつつ雪の日も寺の朝事《あさじ》は欠かすことなし　同

一首目は、能登の小さな村の人々が、自分たちの生活さえままならぬなかで、村の寺院を大切にしてきた事実を歌っている。二首目は、冬の葬列を、故人とは直接関わりのなかった人々が、それぞれの労働や通行を中断して見送っている敬虔さは、信仰心が篤いからだと言う。三首目は、能登に本州で最後まで朱鷺が棲息していたのは（本州最後の朱鷺は能登で捕獲されて、人工繁殖の為に佐渡に送られたが、繁殖は成功せず、結局、その後中国から贈られた朱鷺が繁殖に成功した）人々が殺生を慎んできたからだと言う。更に四首目は、能登の僧侶たちは、厳寒の冬の雪の降る日でさえ寺の朝の勤行を欠かさないといい、能登の信仰心の篤さを歌っている。これらの作品には能登人の篤い信仰ゆえの実直さ、温厚さが余すところなく表現されている。成人してからは故郷能登を離れ、間近な富山や福井から故郷能登を思い続けてきた岡部は、繰り返し繰り返し、そこに棲む人々の信仰心の篤さを歌ってきた。

薔薇窓のごときをもたぬ御影堂《みえいだう》しんしんとわれはわが内に落つ　　三井ゆき『雉鳩』

能登の信仰は昏い。その昏さはキリスト教と比較する時に一層くきやかである。葛原妙子は「寺院シャルトルの薔薇窓にみて死にたきは心虔しきためにはあらず」と歌ったが、そのような、祈りの空間に明るい外光を取り入れて、柔らかく華やかな色の光で満たすキリスト教の教会に対して、日本の信仰の空間はそのような装置を持たない。やはり能登出身の歌人、三井ゆきは、そう思った時に、自分は自分の内部に落ちるしかないという。この作品は、能登の信仰の特徴を鋭く捉えた一首だと思う。
金沢在住の現代の歌人、津川洋三にも信仰を詠んだ作品は少なくない。

一粒の言葉の奥に光るもの信仰を持つ人とおもひき　『雪洞』
塵を払ひ垢を落とせといふ謂《いひ》か釈迦が賜へる箒一本　『連峰の雪』

例えばこのような作品があるが、どれも客観的である。自己の信仰ではなく、信仰を持っている人を冷静に観察している感じがする。敢えて言えば、科学的である。確かに津川は科学者（医師）なのである。石川県、特に加賀地方は、自然科学分野で世界的な業績を上げた人が多い。ざっと思いつくだけでも、高峰譲吉、木村栄、中谷宇吉郎などが挙げられる。何故、加賀地方に自然科学者が多いのかという理由は、加賀藩が最大の外様大名だったということにも関係しているのではないかと思う。幕政の中枢には就けないという制約が自ずと人々の関心を自然科学に向かわせのかも知れないし、人文科学・社会科学に関心を持つことが幕府に警戒心を抱かせることを危惧した結果なのかも知れない。いずれにせよ、津川もその流れの中に位置づけられる科学者であり、かつ、加賀・能登の篤い信仰心をも深く意識している歌人なのである。

盂蘭盆の施餓鬼の読経聞くわれの膝に這ひよる虫は殺さず　『雪洞』

この作品では、信仰の場にいる自分自身を歌っているが、「虫は殺さず」というところに、科学者ながら、信仰に自らの心を委ねようとする津川自身の敬虔さも表現されている。それにしても、現代の都会では、老人ですらも純粋な信仰心から寺院の宗教行事に参加する人は少ないと思うが、石川県では、それがごく自然に行われていることに、深い感慨を覚える。

この水を分析せしとて何が出でむ信ずることの効験ぞこれ　『雪洞』
宗教も科学も所詮おのおのの感性に触れかよふものらし　『連峰の雪』

一首目は「能登の霊水」という註を付けた「夢枕に月光観音あらはれてお告げたまへる水とこそ聞け」や「大昔の伝にはあらずつい二十年前のことゆゑことさら感ず」という作品と並べられているので、おそらく七尾市中島町藤瀬にある「藤瀬霊水」だと推測されるが、この水を「分析」したらどのような結果が出て来るのかという発想はまさに科学者のものである。二首目はストレートに、宗教も科学も「おのおのの感性に触れかよふもの」だと言っている。宗教も科学も、感性という点では共通しており、矛盾するものではないのだという認識なのであろう。

これらの作品を見ると、津川が信仰と科学という、一見相反する分野に深い洞察を行っていることが判る。なぜそれが可能なのか、津川自身は「おのおのが感性に触れかよふもの」だと言っているが、確かに、その両方とも、真理の探究と言う意味では共通しているのだと思う。森鷗外を持ち出すまでもなく、科学と短歌の両分野で活躍している歌人は少なくない。現代歌人の中では岡井隆、永田和宏、坂井修一などが思い浮かぶ。また、僧侶である歌人も杜澤光一郎、大下一真などがいる。しかし、津川は信仰と科学の両分野に洞察を及ぼし、それを表現している稀有な歌人であると言っていいであろう。

（注・津川洋三氏は二〇一六年に亡くなられた。）

雪の歌人　岡部文夫

一、能登の朱鷺

昨年、佐渡で中国からの朱鷺の二世が誕生して話題になった。ペルシャ湾の小さな島に住んでいる私は、衛星中継のNHKテレビや、ロンドンで印刷されて一日遅れで届く日本の新聞などでそのニュースを見ながら、故郷の能登と、ある一人の歌人のことを思っていた。

かつて、日本のいたるところに生息していたといわれる朱鷺は、明治以降いくつかの理由で急激にその個体数が減少し、私が能登半島で小学生だった頃、能登半島と佐渡だけが朱鷺の生息地となっていた。昭和四十五年に能登半島で本州最後の朱鷺、「能里《ノリ》」が捕獲され、増殖のために佐渡のトキ保護センターへ送られたが、増殖の試みは成功しないまま約三十年経過し、最後の方策として中国から連れてきた朱鷺のカップルの産んだ卵が孵化したのが昨年のニュースだったのである。文字通り朱鷺色の美しい羽を持ち、かつては優美な姿に能登の空を自由に飛翔していた朱鷺が、最後の数羽となり、それでも孤高の気高い姿で山や田の上を飛んでいるという話は、子供心にも悲しくて仕方がなかった。

後年、私は次のような作品を含む連作を作って、第一歌集『砂の詩学』に収めた。

神ゆくと見まがうばかり輝きて翔ぶ朱鷺を見き幼き我は
七十年安保の年はわが能登の故郷に朱鷺の絶えたる時ぞ
捕らわれて人工繁殖さるるよりむしろ滅べよ野生のままに
継ぐもののなきまま父は歌詠みて老いたり朱鷺の滅びし里に

故郷に滅んだ朱鷺と共に忘れられない歌人、岡部文夫もまた沢山の朱鷺の歌を残した。

つひにして朱鷺の絶えたるふるさとの能登と思ふに空の虚しさ
雪天にさながら光《て》りてとぶ朱鷺のまぼろしあはれ須臾のまぼろし
信篤き能登ゆゑ朱鷺の残りしと言ふを諾ふ吾はひとりに
『能登』

三首目の作品について岡部が富山県の氷見に残した小さな結社「海潮」会員達は次のように書いている。（「海潮」平成12年1月号）

この北国には山や湖は多いのにどうして能登だけ朱鷺は残ったのだろうか。ああそれは誰かが言っていたように信仰の盛んな土地であるから生物の殺傷など以ての外で、狩人といえども必要以上には獲らなかったからだろう。（福田　巴）

撲滅されて行く朱鷺に対する作者の愛着は「朱」一連から理解され、その朱鷺が今なお能登に棲息していると聞く時、作者は、それは信仰に篤い住民の心によるもので、尤もなことであると、うなずき、確信されているのである。（吉岡ゑみ子）

「信篤きゆゑ」の初句、出生地「能登」への粛々とした想いを顕たせ胸を熱くして読んだ。（小境やい子）

二、坪野哲久とプロレタリア短歌

岡部文夫が生れ育った石川県高浜町（現志賀町）は、私が少年時代の大半を過ごした父の生家のある中島町と背中合せに隣接している。中島町と志賀町は能登半島の背骨である低い能登丘陵を挟んで半島の裏表にあり、直線距離にすればほんの僅かである。また、たまたま私の父と岡部は役所の同僚でもあった。現在は日本たばこ産業と名前を変えた当時の日本専売公社金沢地方局で、私の父は輪島出張所長などを務め、岡部は氷見出張所長などを務めていた。同時に机を並べたことがあったのかどうか確かめたことはなかったが、お互いに顔見知りではあったことは確かなようだ。

後年、私が岡部に直接歌集を注文して、その際、父のことを書いたら「三井健二さんの息子さんですか。お父さんのことはよく知っています。」と書いてきてくれた。しかし、私が岡部文夫に深い関心を持つようになったのはそのような個人的係わりからだけではない。その作品世界が私の心にこの上なく深く沁みわたったからである。

北ぐにの冬は乏しき日に乾して鰯の顎《あぎと》透くがに清《すが》し　『雪代』
風巻《しま》きたつはげしき雪はさながらに白き炎となりて移ろふ
杉の幹に縦ざまにしてはしりたるその凍裂の深さを思ふ　『能登』
さへぎりもなき雪原の上にしてしたたるごとき紺の天あり　『雪天』

いままでの岡部論としては最も纏まっていて優れた論である坂出裕子の「持続の志」(第七回「現代短歌評論賞」受賞)はこれらの作品について「雪国の透き通る大気に洗われた澄んだ感覚から生まれるこれらの歌は、雪の白さの目に沁みるような美しさと、すべての音がそこから消えてしまったかのような静けさに満ちていて、読むものの心に不思議な安らぎと力を与える」と述べている。岡部の作品の魅力は、この坂出の言葉に集約されるであろう。
岡部のその作品世界の静謐な美しさは晩年に至って到達したものである。岡部は歌人としていったいどのような歩みを辿ったのであろうか。晩年の岡部を読み解くキーワードが朱鷺なら、初期の岡部の作品を読むそれとして、私は坪野哲久の名前を挙げないわけにはいかない。

明治四十一年四月二十五日、石川県羽咋郡高浜町に、岡部文夫が父亮吉、母きの、の三男（四男との資料もあるが出生直後に亡くなった兄がいたためと思われる）として誕生した時、岡部の生家より数百メートルと離れていない所に坪野哲久は既に二歳であった。後年、岡部はある小さな同人誌に「哲久断片」という文章を書いている。それによると、少年時代の岡部と哲久は同じ高浜でも字《あざ》が違うため反目する少年グループに属していて、岡部が高浜尋常小学校四年生の時、岡部のグループが青竹などを持って、川で水浴びをしていた哲久のグループに不意打ちをかけた。その時、逃げて行くグループの中で、振り向いた哲久の顔を忘れることができなかったという。その事件が、岡部が哲久を意識した最初であった。その後も、堤防に座って何か思索をしたり、本を読んでいる哲久を見かけたがお互いに話をすることはなかったようだ。

やがて、比較的裕福な家に生まれた岡部は羽咋中学校に進み、教師にアララギ会員がいたため歌を始める。一方、哲久の父の本家は肝煎（名主）であったというものの、父の時代には没落して、しかも哲久が十一歳の時に、風呂のかまどの不始末により自宅を全焼してからは、文字通り貧困のどん底にあった。哲久は高浜小学校卒業後、苦学しながら東洋大学に学ぶ。そして、岡部は中学生の時、休暇で帰郷中の哲久と話をすることになる。その時、既にプロレタリア歌人として名を高めていた哲久に岡部は急速に接近して、以降生涯哲久に兄事することになるのである。昭和二年、まだ中学生の岡部は哲久の所属していた「ポトナム」会員となる。岡部は羽咋中学卒業後、二松学舎専門学校（現二松学舎大学）に進み、万葉集を森本治吉に、明治文学を塩田良平に学ぶが、在学中に哲久と共に「ポトナム」を去り、「短歌戦線」創刊に加わるなど、若いプロレタリア歌人として華やかなスタートを切る。昭和五年、二十二歳の岡部は『どん底の叫び』、『鑿岩夫』という二冊の歌集を相次いで出版したが、いずれも発売禁止となった。この国家による弾圧直後、岡部はプロレタリア短歌より離れる。

一方、周知のように、哲久はその後も一貫して反権力の立場に徹底して、壮絶といっていいほどの生涯を送った。しかし、昭和六十三年、哲久が八十二歳で亡くなるまで、岡部は生涯哲久を敬慕してやまなかったのである。弾圧により「挫折」した岡部、生涯苦難の道を歩んだ哲久、この二人の違いはなんだったのだろうか。後年、生き方、歌の道が違ったにもかかわらず、なぜ岡部と哲久の睦まじい関係は継続されたのだろうか。その前に、そもそもあのプロレタリア短歌とは一体何だったのだろうか。様々な疑問が残る。

　　たくましい仲間の腕が廻すとき見ろ浚渫機はがつくり上がる　　岡部文夫
　　血みどろになつて倒れた渡政よ！　キールン埠頭は石畳だ　　坪野哲久

永田和宏は『プロレタリア短歌集』に収録されたこの二首を上げて「プロレタリア短歌は、もちろん当局の弾圧という実質的な力がその解散を加速したことは間違いないが、たとえそのような外圧が無くても、〈武器〉すなわち手段としての短歌という考え方は、自然崩壊をもたらす以外無かったであろう」(「短歌」'99年12月号)として、短歌という定型詩において、自由律が逆説的に持つ不自由さを指摘しつつ、同時に短歌という形式の持つ底知れない許容力を確認させてくれたものとしてこれらの作品を位置付けている。一般論としてはそうであろうが、私は岡部の場合の「転向」をもう少し実証的に検討検証してゆく作業が必要だろうと思っている。

三、写生の歌風から静謐の世界へ

プロレタリア短歌を離れた岡部は、昭和六年、橋本徳壽の門を叩き、「青垣」に入会して作歌の再出発を図る。橋本は既にプロレタリア歌人として自分より名前が通っていた岡部の入門願いに驚いたが、その強い決意に打たれ入門を許し、更に〈人みなは岡部文夫を悪しといふ良きも悪きも今よりのちぞ〉という歌を贈って岡部を励ましたという。この「青垣」時代の岡部は必死に写生の基礎を学んだ。「青垣」で共に学んだ原一雄は、岡部の死後こう書いている。「彼(岡部)の鋭敏な感受性は徳壽の膝下にあってあらゆるものを吸収し続けた。之でもか之でもかという程の旺盛な作歌力を以て、むしろ華麗と言ってもよいほどに、技巧的技術的にその才を発揮した。」(「短歌現代」'90年11月号、『追悼・岡部文夫』)

雪の夜の壁に手燭《てしょく》の蠟照りて亡き吾が父を相みるごとし

低き曇りひらかむとする北空に山ひとつみゆ能登のくにのやま
ひとときに能登境よりくる時雨この虚谷《むなたに》の上にひびきつ

「青垣」時代の昭和二十七年に刊行された合同歌集『候鳥』から引いてみた。剛直にして華麗な、完成度の高い作風である。

「青垣」在籍中の昭和二十三年、日本専売公社氷見出張所長であった岡部は、地元の文学青年達から望まれて小さな短歌会を始め、会誌「海潮」を創刊している。以降、「青垣」にも籍を置きつつ「海潮」の育成に努め、地方の実力派歌人として着々と活躍の場を広げるが、昭和四十四年、「海潮」に専念するため「青垣」を去った。この間、岡部は次第にその歌境を深め、主として冬の能登を素材とした多くの作品を発表し、歌集も多く出し、やがて冒頭に述べたような独特の澄み切った、まるで墨絵の世界のような作品の境地に到達する。

多くの歌人がその初期の作品で評価される場合が多いのに対し、岡部の場合は、その晩年に至ってようやく歌壇的に正当な評価を得たと言えよう。昭和五十五年に七十二歳で出版した第十八歌集『晩冬』は第八回日本歌人クラブ賞を、昭和五十八年、前年発表した「鯉」「雪」などの作品により第十九回短歌研究賞を、そして、六十一年に七十八歳で出版した第二十一歌集『雪天』は第二十一回迢空賞をそれぞれ受賞した。これらの三つの賞を一人で受賞したのは岡部が初めてであったという。

石蓴《あをさ》を食ひ鰯を食ひて米を約《つづ》む隣隣の貧も見たりき　『能登』

まかがよふ雪に立ちつつ青鷺の群はしづけしその影もまた　『雪天』

もう一度、晩年の歌集から引いてみた。生涯の殆どを北陸に住み、故郷能登の人、動物、雪を歌い続けた一人の孤独な男の姿が浮かび上がってくる。貧しいもの、弱いものに対して向けるその優しい視線は、かつてのプロレタリア歌人時代から岡部の心に一貫している立場である。歌い方は変わっても、その低い視線は一生変わらなかった。

かつて私は岡部文夫の人物と作品を研究しようと思い立ち、その成果を掲載してもらいたいために「海潮」の購読会員となり、現在まで五年以上にわたり「岡部文夫研究ノート」という文章を同誌上に連載させてもらっている。こつこつと資料を調べ、生家を訪ね、ゆかりの人から話を聞き、少しずつ文章にしてきたが、それでも岡部の全体像を探る作業はまだ端緒に着いたばかりである。

坪野哲久を語り継ぐ人が今でも沢山いるのに比べて、岡部の場合は、北陸の片隅の氷見に残したささやかな結社「海潮」に集う人達を別にすれば、彼のことを思い出す人は少なくなってきた。このままではやがて岡部のことは歌壇史の片隅に忘れられてしまうかも知れないと思うと、私は残念でたまらない。全歌集の事も検討されたというが、やはり採算の見通しが立たず、見送られたという。一人でも多くの歌人の心の片隅にこの歌人の思い出が残ることを望みたい。

（注・『岡部文夫全歌集』は二〇〇八年、岡部と親しかった石黒清介氏により短歌新聞社より出版された。）

故郷近く

杉の幹に奔《はし》る凍裂のきびしきをこの夜《よは》にして幾たび聞かむ　　岡部文夫『氷見』

私は能登の岡部文夫と坪野哲久が生れた町の隣りの町で少年期の大半を過ごしたが、懐かしい記憶を揺り起こすような作品である。冬季の北陸の厳しい寒さは、生きている木の樹液でさえ凍らせる。立木の幹の中で凍結した樹液は膨張して、その力で自らの幹を割くのである。静かな冬の夜に寝ていると一晩に何度もこの音を聞くことがある。「幹に奔る凍裂」というあたりがその勢いを表わしている。しみじみとした作品である。

冬の夜の月の光に飛ぶ鷺のおのれしたたるごとくにあらむ　　同『能登』

これも冬の北陸でよく見た光景である。「の」を畳み込むように重ねて一首の深みを出しているような気がする。「おのれしたたる」が印象的である。斜め後方に垂らした鷺の細い鉄線のような脚の印象がこの表現を引き出したのかも知れない。

雪の上を流らふ雪のさみしさに吾をめぐりて夜《よは》さへきこゆ　　同『能登』

日中に降った雪が夜の寒さで硬く凍結する。深夜になってさらにその上に新雪が積もる。風が吹くと、柔らかい表層の新雪だけ流れる。積もったばかりの新雪が風で流れる時にその下の凍結した雪層との摩擦で生じる微かな音は、他の物音が絶えた深夜には意外とよく聞えるのである。「吾をめぐりて」にはそのような微かな音があちこちから聞えることを表わしている。「さみしさ」とまでは言い過ぎだったかも知れないが、素直に発語された言葉でもあろう。

能登の夜具被《かつ》ぎてひとり眠りしか幼くて母のなき雪の夜に　　同『雪天』

岡部文夫の生母は彼が八歳の時に死去した。八歳の文夫にとって母のいない夜はいかに淋しかったであろうか。ましてや、しんしんと雪の降る夜である。表現はされていないが、幼い文夫は母恋しさに泣き疲れて眠っていたのかも知れない。「能登の夜具」は粗末な布団を連想させる。「眠りしか」と過去疑問になっているのは、そのような記憶も朧になった後年に回想しているためである。

北ぐにの春は寒きにその長き針魚《さより》の嘴《はし》の朱《あけ》もこよなし　同『能登』

岡部文夫の歌というと今までに挙げたような、能登の冬の厳しさ、人々の貧しさ、小動物の哀れさを歌ったものばかりという印象が強いが、このような春の喜びを告げる作品もある。冬の寒さが厳しければそれだけに春を迎える喜びは大きい。春の喜びを告げる事象は沢山ある。長い冬の間、ずっと空を覆っていた低い鉛色の雲が流れてその間から顔を出す青空、そこから射してくる眩しい日光、木の枝に積もった雪が日光に暖められて融け始めて垂らす滴、地表のあちこちに顔を出した黒く湿った土、そして港に上がる春の魚。中でも朱を帯びたあの長い嘴を持つ、文字通り針のように細い針魚。岡部はその針魚の嘴に春の喜びを託した。

岡部文夫は東京遊学時代を除けば一貫して地方に根を下ろした一生を送った。ただし、東京遊学のために二十歳で家を出てからは、一時的に帰省することはあっても、故郷の能登に生活のために戻ることはなかった。越中の氷見、越前の春江といった、故郷からは程近いが、故郷そのものではない土地に腰を下ろした。もちろん、職業上の理由や兄が家を継いだ実家のその他の種々の事情でそうなったのであろうが、このことは岡部の精神形成に無関係ではなかったと思う。故郷と同じ気候、ほぼ同じ文化圏にありながら、懐かしい故郷そのものではない、この安堵感と悲しみの綯い交ぜになった複雑な感情は、岡部の作品世界に深い奥行きと、この上なく澄み切った清浄さを与えたと思う。

悲しみの共振

岡部文夫は平成二（一九九〇）年八月に急性肺炎により逝去したが、その年の「短歌現代」十一月号は岡部の追悼特集号を組んだ。その中で各氏が岡部短歌の魅力について様々に語っている。その一部を抜いてみたい。

「北陸の風土と言えば当然のことながら暗く広がった海があり、激しい雪天、季の移りがある。そこに棲む魚群、空とぶ鳥、雪の上の椿、いずれも生の対象として文夫の眼が注がれる。そこには暗さというだけではない冴えた美しさがあり温みがある。文夫の内部に培われた暗さの中の美であったろう。」（須永義夫）

「たまたま最晩年に至って、いくつかの賞を得て、その歌集が賞賛されるところとなった岡部文夫の静謐で重厚な達成を噛みしめるとき、北国に訪れた春のような、ぬくもりに満ちた喜びが広がっていく。」（大滝貞一）

「歌風は写実に徹し、暗いが靭い精神をもって貫き、北のきびしく、熱い抒情を歌った。」

（加藤克巳）

「岡部さんは、土着の歌人として、文字通り北陸の風土に生き、それを愛し、そのきびしさを体現した歌人だった。北陸のはげしさも、そのしずかさも、その一筋の作品のなかに歌いきった歌人であった。」

（横田専一）

このように抜き書きしてみると自ずと岡部の作品の特徴が浮き上がってくる。「暗さの中の美」「懸命に生き継いできた者への一体感」「暗いが靭い精神」「土着の歌人」「北陸の風土に生き、それを愛し、そのきびしさを体現した」、それぞれ的を射た評言だと思う。

ここでは、そのような岡部短歌の特徴、魅力がどのようなところから来ているのか、語彙や修辞のレベルから解き明かしていきたいと思う。これまで岡部短歌の全貌を解明することは、容易ではなかったが、今回の全歌集『岡部文夫全歌集』（平成二十年・短歌新聞社）の刊行はその意味でも極めてありがたいことである。全歌集には巻末に「初句索引」が付いているので、それをもとに検討してみたい。

＊

「初句索引」をざっと見ていて、気がつくのは「雪」で始まる作品の多さである。「初句索引」は全部で一一三ページの多さであるが、その中で「雪」で始まる作品だけで三ページ以上ある。おおよその比率にすると三パーセント弱である。他の例と比較してみないと正確には言えないが、一つの言葉から始まる作品が、その歌人の生涯の作品の中で三パーセントもあるということは極めて多いと言って差し支えないだろう。因みに、私自身は「砂の歌人」という言われ方をしているようだが、私の第一歌集『砂の詩学』全四六一首の中で「砂」で始まる作品は八首、比率は二パーセント未満である。初句だけで比較する乱暴さを承知の上で言えば、岡部は確かに「雪の歌人」だった。

雪の上を流らふ雪はさながらに炎と巻きてゆふべはげしき　　『雪天』

＊

地名から始まる作品も多いが、圧倒的に多いのはもちろん「能登」である。五十三首あった。しかも「能登馬」「能登瓦」「能登上布」「能登の鱈」「能登の寺」「能登の夜具」「能登びと」「能登味噌」など、単に地名としての「能登」ではなくて、多くはそこに住む人々、動物、産品、習俗などと結びつけられて歌われていることに注目したい。地名とそこに住む人々、動物、産物、習俗などが融合したものが風土だとすれば、岡部は確かに「風土の歌人」でもある。

「能登」以外の地名としては「氷見」十三首、「越後」八首、「飛騨」六首、「越中」五首、「越前」三首などが上げられる。それにしても二十歳で東京遊学のために故郷能登を離れて以来、短期の帰郷はあっても、ついに故郷に定住することのなかった岡部がこれだけ「能登」を歌い続けていたことに改めて深い感動を覚える。三十九歳から四十八歳まで、仕事の上でも歌の上でも一番充実した期間を暮らしていた氷見の実に四倍以上の作品を少年時代の記憶しかない能登を歌っていたのである。生母の早い死、その後の継母との生活など、恐らくは辛い思い出しかなかったであろう能登を次のように歌っている。

能登びとの心は篤し道道に立ちつつ送る冬の葬りを　『雪天』

＊

季節を比較してみたい。「初句索引」で、数えてみると四季の名前で始まる作品の内訳は次のようになっている。

春　67首（20％）
夏　3首（1％）

秋　25首（7％）
冬　244首（72％）

多少の数え間違いはあるかも知れないが、大きな傾向に変りはないと思う。「春」で始る作品の中でも「春寒き」「春早き」のような早春の作品が多く、それらも「冬」の作品の延長、広義の「冬」の作品と考えていいかも知れない。それも考慮すれば、全体の実に八割近くが「冬」の作品である。一人の歌人が生涯に歌った作品の中で、一つの季節がこれだけ圧倒的に多いというのもまた他に例がないと思う。岡部は明らかに「冬の歌人」なのである。それは前記の「雪」の歌の多さとも対応する事実である。こんな作品がある。

冬の夜に継母《はは》が紡《う》む麻《を》のつぎつぎに麻桶《をぼけ》に溜る美しかりき　『晩冬』

*

方角ではどうだろうか。東西南北の方角を示す言葉で始まる作品は次のようになっている。

東　1首（1％）

西　18首（18％）
南　2首（1％）
北　125首（86％）

方角にいたっては極めて顕著である。「北」が実に86％を占め、しかも「北ぐにの」「北国の」「北ぐにには」などのバリエーションが多い。方角から見る限り、岡部は完全に「北の歌人」である。ただし、岡部にとっての「北国」は北海道や東北地方ではなく、あくまで北信越なのである。

北ぐにの春は寒きにその長き針魚《さより》の嘴《はし》の朱《あけ》もこよなし　『能登』

＊

更に、色で比較してみたい。特定の色で始まる作品の主な内訳は次のようになっている。

青　61首（26％）
赤　18首（8％）
黄　24首（10％）

黒　29首（13％）
白　99首（43％）

「しろしろと」といった派生語も含むが、圧倒的に「白」が多い。次に「青」も多いが、これも水の色であり、時には雪の色であり、いずれにせよ、白と並んで寒色である。これも先の「雪」「冬」「北」の多さを考えると十分にうなずけることである。

白鷺の群るるをみれば能登の国の磯には照りて多き潟かも　『寒雉集』

＊

更に温度を表す言葉で見ていくと、次のようになっている。

寒・冷（さむ・かん・つめ・れい）　34首（43％）
熱・暑・炎（あつ・ねつ・しょ・えん）　36首（45％）
温（おん）・あたたか　10首（12％）

これは正直に言って、意外な結果になった。「寒・冷」が圧倒的に多いと思っていたのだが、それ以上に「熱・暑・炎」があった。ただし、36首のうちで「炎天」が26首ある。「炎天」という言葉が岡部の一つの癖になっていたのかも知れない。「涼」は「初句索引」で見る限りは、見当たらなかった。なお、蛇足であるが、北陸はどうしても「寒い地方」というイメージが強いと思うが、実は山地から高温の風が吹きつけるフェーン現象もよく見られるところで、その風の熱さはまさに「炎天」という言葉が相応しいと思う。いずれにせよ、岡部は気温に敏感な歌人であったことだけは確かであろう。

寒き日の光差すとき水差の透明の水何か危ふし　『晩冬』

＊

一日の時間帯で見てみよう。次のようになった。

朝　41首（18％）
昼　21首（9％）
夕　35首（16％）

夜　　127首（57%）

他にも「午後」三首、「深夜」が一首あったが、省略する。これで見ると「夜」が圧倒的に多く、半分以上である。岡部は「夜の歌人」でもある。

夜の火に冬鯖の塩したたりてこのときのまの鋭き炎　　『青柚集』

＊

以上から、データの上でも岡部文夫という歌人の作品の特徴がかなり明らかになってきた。改めて岡部短歌のキーワードを整理してみると「雪」「能登」「冬」「北」「白」「寒・冷」「夜」となる。素材としては「雪」が多いことは当然であろう。岡部は能登に生まれ、ほぼ一貫して雪国に住んでいた。これも全歌集の年譜から岡部の居住地を列記してみたい。

石川県羽咋郡高浜町（出生から羽咋中学卒業まで）
東京（二松学舎専門学校在学）
群馬県群馬郡佐野村（高崎地方専売局就職）

新潟県中頚城郡柿崎村（転住）
新潟県東頚城郡安塚村（転住）
長野県下水内群飯山町（転住）
愛知県丹羽郡犬山町（転住）
富山県高岡市（終戦時、転住）
富山県氷見郡氷見市（転住）
福井県小浜市（転住）
福井県福井市（転住）
福井県坂井郡春江町（新築、退職、没）

「転住」は勤務先の専売局の転勤によるものである。これを見ても判るように、「雪国」ではない場所は東京（三年間）と犬山（二年間）くらいであって、あとは全て「雪国」である。八十二年の生涯のうち、七十七年間を彼は雪国で生きていた。北陸人の気質として一般的には、忍耐強いとか、大人しいというようなことを言われる。雪がそこに住む人間の精神性に影響を与えるのかどうか、私には断言できないが、そこに住むしかない者にとっては、一冬を雪に閉ざされることを運命として受け入れるしかないのは確かであろう。最近は温暖化や除雪、融雪のために必ずしも一冬を雪に閉ざされるということではないようだが、少なくとも私の少年時代まではそうだった。もっと時代を遡れば、越後の上杉謙信や越前の柴田勝家は、冬は雪解けまで兵を動かすことが出来なかった。武将たちは雪解けを待って出兵したのである。人々は冬の間は活動を停止して、じっと雪解けを待っていたのである。それを運命として受容したのである。岡部の作品もそのような雪国の人々の特徴を持っているのであろうが、同時に、彼の作品に頻出する「北」「白」「夜」などの言葉は、運命を運命として受容しながら、それを負の世界に綴じ込めるのではなく、そこに住む人の悲しみと精神を共振させながら、それを美しく純粋なものに昇華させようという強靱な詩精神を感じる。

坪野哲久と島木赤彦

一、哲久の生い立ち

坪野哲久は明治三十九年九月一日に能登半島中部の石川県羽咋郡高浜町（現・志賀町）で父・次六と母・よねの間の四男として生まれた。本名は久作である。名前の由来は、九月の一日（朔日）に生まれたために「九」と「朔」をもじったという話がある。父の本家は肝煎（名主）の家柄で、加賀藩士族の末裔であったが、この頃は家運が傾き、小作人となっていた。

地図を見れば明らかなように、能登半島は本州から日本海へ北に突き出た半島で、半島の先端は更に東に折れ曲がっている。半島の西側と北側は「外浦」と言われ、日本海の荒波が直接打ち寄せるために、荒々しい岩や断崖が連なっている。後に、松本清張の小説『ゼロの焦点』の舞台となり、映画化もされたので、イメージの湧く人も多いかも知れない。特に、冬季は海からの強い波と風は厳しく、人々はその波風に耐えながらひっそりと暮らしている。哲久の生まれ育った高浜はその外浦である。一方、半島の東側は七尾湾、富山湾に囲まれていて、外浦とは対照的に冬季でも波や風が比較的穏やかな「内浦」である。因みに、哲久が生まれた二年後に、哲久の家の直ぐ近くで、やがて一生親交を結ぶことになる岡部文夫が生まれている。能登半島はその厳しい気候風土の故であろうか、昔から浄土真宗の信仰の篤い地方である。どこの家でも貧しい生活とは不釣り合いな豪華な仏壇を備え、報恩講（宗祖親鸞聖人の祥月命日に行われる法会）のような仏教行事も盛んである。

哲久が十二歳の時に不幸な出来事があった。近くに嫁いでいた哲久の姉が大量の洗濯物を抱えて実家に帰ってきて、ぬるま湯で洗濯をするために哲久に風呂で湯を沸かすことを頼んだ。哲久が風呂釜に火を入れたところへ、近所の友達が遊びに誘いに来たために、まだ分別のない哲久はそのまま外へ遊びに行ってしまった。その間に風呂釜の火が近くの藁に燃え移り、あっという間に自宅は全焼してしまった。その不始末を責められ、一家は僅かな畑以外の小作地は取り上げられてしまった。しかしその後、両親は嵐の後の浜で打ち上げられた死魚や海藻を拾ってきて飢えを凌ぎながら、行商など必死で働き、やがて新たに小さな家を買うことになるが、自らの不注意により家族をどん底に突き落としたという意識は一生哲久の心に深い傷となって残った。能登の厳しい気候と篤い信仰心という風土、そして少年時代の自らの不注意という深い傷跡の二つがその後の歌人坪野哲久の人と作品に影を落としていると言っていいであろう。

二、哲久の勉学時代

大正十一年、地元の高浜尋常小学校高等科を優等で卒業した哲久は信州松本にあった松本教育実業学校に入学する。彼は将来地元の小学校の教員となって、母親の傍に居て親孝行をしたいと思ったのだ。この学校に関しては資料が残っていないが、名称から想像して、初等教育の教員を即効的に養成する民間の機関と推測される。しかし、哲久はここで一つの出会いをする。同級生の中に高井直文という人物がいた。高井に関しても、信州出身で「アララギ」会員という以外には情報はないが、哲久はこの高井から短歌の手ほどきをうけた。そして、高井らと文芸回覧雑誌も作っている。

一年後、哲久は松本教育実業学校を卒業し、上京する。同校卒業だけでは、代用教員にしかなれないために、やはり正規の教員になりたいと思い、更に上級の学校に入学するためである。彼は東京駅西側の丸ビルの中にあった会社で給仕をして学費を稼ぎながら神田の正則英語学校に通っていた。この時（大正十二年九月一日）、彼は関東大震災に遭遇する。幸いにして彼自身に怪我はなかったが、アルバイト先のビルは崩壊し、更に朝鮮半島出身の人達や社会主義者の虐殺を目の当たりに見聞きした。このことが彼のその後の思想に大きな影響を及ぼしたことは想像に難くない。震災の日の九月一日は奇しくも彼自身の誕生日でもある。昭和五年発行の彼の第一歌集のタイトルはまさにこの『九月一日』（発行後すぐに発禁）であった。

三、赤彦との出会いと別れ

震災後、彼は帰郷して北陸銀行高浜支店に就職したが、勉学への思いは断ちがたく、大正十四年、再び上京し、東洋大学（大学部支那哲学東洋文学科）に入学する。その時に彼の入学手続きを代行してくれたのが、既に同大学に入学していた前述の松本時代の同級生、高井直文であった。「アララギ」会員であった彼の誘いにより哲久も「アララギ」に入会する。高井は島木赤彦の面会日に哲久を「アララギ」発行所へ連れて行き、赤彦に引き合わせた。この時の事を哲久は次のように書いている。

初対面の赤彦はどうみても歌の先生のようでなく、村夫子然としていた。額にも眉間にも深い皺が刻まれ、顔色は赤黒く、冴えた感じがしなかった。高井の紹介のことばがあって、「そうか、能登か。」といってやさしい表情をしながら、出目加減の大きな目を見ひらいてぼくをながめた。

「短歌」昭和四十五年四月号

それから哲久は赤彦に深く心酔し、師事するのだが、実は、彼が赤彦に会った時点で、すでに赤彦は癌を病んでおり、それから一年足らずで他界する。哲久は次のようにも書いている。

（赤彦の死に際して）ぼくは青春期のあらゆる期間を通じてこの時初めてこえをあげて泣いたのである。下宿の人にあやしまれるまで長く泣いていた。…ぼくのような異端者は一から十まで赤彦歌学に従うというわけにはいかないが、彼の表現上の至り得た本質は全身を以てこれを受け取りたいと考えている。それは現にぼく自身の作歌上の問題点であり、わが身に手痛く感じられる本質的なものがここにあるからだ。ぼくは赤彦の鍛錬道をぼく流に断章取義して受け取ってきている。（同）

「彼の表現上の至り得た本質は全身を以てこれを受け取りたい」、何という激烈な言葉であろうか。理論は全面摂取というわけにはいかないが、その詩精神は百パーセント無批判に受け入れるという。

更に哲久は以下のようにも語っている。

歌人としての先生は赤彦ひとりだけですよ。…たいてい自分の先生を喪うと他のところに行くものですがね。ぼくは駄目ですねぇ。先生は赤彦ひとりと決めていましたからね。そういうところは頑固なのだろうな。「氷河」四十五号

四、赤彦精神の継承

赤彦の死後、「アララギ」の内外で噴き出すように出て来た赤彦批判に対して哲久は猛然と反論する。

赤彦歌学の中から「鍛錬道」という言葉だけをとらえて東洋的であり保守的である、反動に通じるなどと簡単に決めつける遣り口。そのような一知半解の批評が大きな顔で進歩めかしくのさばっていたように思われる。…およそ芸術にとって鍛錬は不可欠であるとぼくは信じて疑わない。その前提として創造者としての人間そのものにも、鍛錬が加えられなければならない…一つの体系を表現の実践によって築き上げ、至らぬところを訂正したり鍛え直したりして最高を目ざし、それに見合う実作の裏付けがなされた場合、歌論と作品がめでたい高さでそびえたつとき、それはその作家独自の世界が現出されたとみなければならぬ。

「短歌」昭和四十五年四月号

歌論と作品の両立、それもまた哲久は赤彦から受け継いだ。

五、赤彦を歌った哲久の作品

後に哲久は赤彦のことを回顧して次のような作品を作っている。

赤彦のくらき額《ひたひ》がありありとよみがへる二十七年ののち　『北の人』
アララギに少年として歌詠みき赤彦先生に謝す一歩のあゆみ　『春服』
赤彦より老いたる彼ら若造がわが先生を切り刻みをる　『人間旦暮』
赤彦を二流歌人とおとしめきうぬらにいかほどの作品ありや　同

一首目、「アララギ」発行所での赤彦との運命的な出会いの後、二十七年を経て作られた作品である。「くらき額」と言っているのは、先の初対面の際の「額にも眉間にも深い皺が刻まれ、顔色は赤黒く」という印象と重なる。「ありありとよみがへる」という表現には、その時にその後の自分の運命は決まったという哲久の不退転の覚悟を窺わせる。

二首目、哲久が「アララギ」に入会して赤彦に師事したのは十八歳であるから、まさに「少年」である。松本で高井に短歌の手ほどきを受けたとはいえ、本格的な作歌は赤彦に師事してからであるから、これもまたまさに「一歩のあゆみ」であろう。「謝す」という端的で謙虚な表現が哲久の偽りのない心情を表している。

三首目、赤彦の死後に彼を批判する人たちに対する激しい憤怒の作品である。赤彦は「鍛錬道」を提唱して「アララギ」の精神を深化させたと同時に、その偏狭さから多くの敵をも作った。古泉千樫、釈迢空、石原純らが「アララギ」を脱退し、北原白秋、前田夕暮らと、反「アララギ」同盟とでも言うべき「月光」を創刊したのは、赤彦が「アララギ」の編集を担っていた頃である。

彼らや彼らの同調者が赤彦を批判したのであろう。後年の作品であるので、対象になっている人たちはその時の哲久より年下で、赤彦の享年よりは上だと思われるが、その人たちを哲久は「若造（本来は「若僧」）」と言って一刀両断にしている。その人たちが赤彦を批判することに哲久は自分自身が切り刻まれているような痛みを覚えた。

四首目、これもまた赤彦批判者に対する怒りの歌である。「うぬら」というやや品格を欠く言葉は、プロレタリア短歌時代の名残を思わせるが、「いかほどの作品ありや」と、批判するなら作品を以って批判せよと激しく迫っている。赤彦を越える作品もなく赤彦を「二流歌人」だと貶める人たちに哲久は激しい怒りを感じたのだ。

六、その後の哲久

本論の趣旨は、坪野哲久と島木赤彦という二人の卓越した歌人の出会いと、師弟関係を見ることにあるのだが、赤彦死後の哲久のことも簡単に概観しておきたい。

哲久は赤彦の死後間もなく「アララギ」を去る。その間の事情を哲久自身が次のように記している。

ぼくは歌稿に選者として斎藤茂吉を希望し、歌を作りつづけていた。しかし必ずしも茂吉の選にあるとは限らず、時には土屋文明選であったり、高田浪吉であったりして望みがかなえら

れなかった。気持ちの上で不安定な動揺がつきまとった。　「短歌」昭和四十五年四月号

そのようなことから哲久は「アララギ」を去り、東洋大学の級友、平野宣紀らの勧めで「ポトナム」に入会する。しかし、その頃から急速にプロレタリア運動にのめり込んでゆくことになる。哲久が「アララギ」会員だった期間は大正十四年五月頃から昭和元年末までのほぼ一年八カ月であった。

東洋大学卒業後、彼は東京ガスの人夫などをしながら、プロレタリア短歌運動に専念する。その間、山田あきと結婚し、長男荒雄が生まれた。更に、昭和十五年には合同歌集「新風十人」に参加する。戦争中は治安維持法違反として検挙されたりもするが、仮釈放となり保護観察下に置かれる。戦後も文字通り赤貧状態の中で、哲久は歌を作り続けてゆく。一時「新日本歌人」に在籍したが、そこを退会した後、少数の友人達と同人誌的雑誌「鍛冶」に拠ることになる。彼の生活と作品は戦前戦後も一貫して反権力であり抵抗であったが、その作品は研ぎ澄まされた詩性に支えられており、日本共産党員ではあったが、党派を超えて多くの人々の支持を得た。特に、塚本邦雄が高く評価したことによって、彼の作品は幅広い多くの人に読まれることになり、歌壇的にも広く発表の機会を与えられた。昭和四十六年発行の第七歌集『碧巌』によって。翌年第二十三回読売文学賞を受賞した。昭和六十三年前頸部癌により死去し、平成五年には『坪野哲久全歌集』（短歌新聞社）が出版されている。

七．一年足らずの師弟関係

前述の通り、哲久が赤彦にまみえてから赤彦が死去するまで、僅か一年足らずである。しかも、田舎から出て来たばかりの十八歳の哲久にとって今を時めく大結社、「アララギ」の編集者である赤彦は、「雲の上の存在」であったであろう。一方、赤彦にとっては、有能な若者とはいえ大勢の新入会員の一人であったはずである。そんな中で、哲久は赤彦を自分にとってたった一人の師だと決めた。

しかし、哲久は決して赤彦の作品世界を無条件に模倣しようとしたのではなかった。赤彦の文学精神に心酔したのであった。それは赤彦の提唱した「鍛錬道」で表されるものであったが、ここでも、赤彦は「鍛錬道」を無条件に信奉はしていない。それは先述の哲久の文章「ぼくは赤彦の鍛錬道をぼく流に断章取義して受け取ってきている」に表されている。「断章取義」、赤彦の文章や言葉の受け入れられる部分は受け入れ、納得できない部分は捨て置く、という意味であろう。哲久は赤彦を批判的に摂取したのだ。

一般的に、島木赤彦には、先の哲久の言葉を借りれば「東洋的であり保守的である、反動に通じる」というイメージが付きまとうと思う。一方、哲久は不屈の抵抗者として一貫して時代に対する激しい怒りと悲しみを歌い続けた。一見、この両者の立場は相容れないように思えるが、両者のこのような関係を見ていくと、実は赤彦には革新的な側面があり、哲久には伝統を尊重するという意志があったのではないかと思われる。

短歌結社の功罪がいろいろと言われている。近年の短歌総合誌新人賞の応募者の多くが「所属なし」である。彼らは結社の持つ宗匠性、閉鎖性を嫌っているようだ。結社自体も、かつてのような主宰と会員の間の全人格的な関わりという側面が薄れてきている。現在ではそのような結社が皆無とは言わないまでも、稀有であることは確かであろう。結社では有効性、機能性が求められ、主宰（或いは、選者）と会員の関係は選歌をする、されるという機能が重視されている。それはそれで止むを得ないことであろうが、赤彦と哲久のような師弟関係が、かつての近代結社には存在したのだということも我々は記憶に留めておきたい。

岡部文夫歌集『雪天』

没後に刊行された歌集『氷見』も含めれば岡部文夫には生涯二十五冊の歌集(合同歌集を含む)があるが、『雪天《せってん》』は岡部七十八歳の時、生前最後の歌集として刊行された。前年にも歌集『能登』を刊行しているので、昭和六十年初めから六十一年五月までの一年余の作品、一〇七〇首を収めている。プロレタリア短歌から出発して、写実に転じた岡部が徐々に独自の歌境を確立したいわばその頂点と言ってもいいであろう。この歌集により岡部は翌年の第二十一回迢空賞を受賞し、それをも含めたそれまでの業績により日本歌人クラブ名誉会員に推戴されている。

かく老いて吾が聞くものか雪の上を流らふ雪の夜にはげしきを
帰るなき能登と思ふにしばしばも冬の夜に顕《た》つ老いたる今も
北ぐにの農に老いつつ信篤きそのおほよそは今に貧しき
能登の鱈ゆたかに煮つつ囲みしか雪ふりやまぬ冬のゆふべに

鷺のこゑすぎつつゆきし後《のち》をまた夜天しづけし深深として

岡部は若くして故郷能登を出てから帰省することはあっても、そこに住むために帰ることはなかった。特に戦後は同じ北陸の富山県、福井県に住みながら、すぐ近くの能登を思い続けた。他地方の人には北陸は一つと思われるかも知れないが、能登びとにとって、富山県、福井県はもちろん、藩政時代は同じ加賀藩であり、現在も同じ石川県という行政区域に入っている加賀地方もまた「異郷」なのである。この歌集には日本専売公社を退職した岡部が自宅を新築した福井県春江町にあって、ひたすら故郷「かえるなき能登」を熱く思う思いが満ち溢れている。岡部についで語られる時必ず言及されるキーワードが幾つかある。「風土の歌人」「雪の歌人」等であるが、ここに引用した何首かを読むだけでそれは十分に納得できるであろう。冬の能登の雪の激しさ、そこに住む人々の貧しさと、信仰の篤さ、それらのことを岡部は繰り返し繰り返し歌い続けている。そして、岡部の視線は常にその能登に住む貧しい人々、小さな動物たちに向けられている。写実を土台としてその上に築かれた墨絵のように澄み切ったこれらの作品世界は確かに他に例を見ない独自のものである。

前述のように岡部はほぼ一貫して地方にありながら、生涯に一〇六一六首という膨大な作品を作りつづけた。決して中央での名誉を求めることのなかった岡部であるが、やがて晩年の作品は多くの人々の認めるところとなり、七十三歳で日本歌人クラブ賞を、七十五歳で短歌研究賞を、七十九歳で迢空賞を、それぞれ受賞している。

『雪天』が刊行された時、岡部は失語症を患っていた。「あとがき」も岡部に替ってツミ夫人が書いている。迢空賞の授賞式にも失語症の岡部に替って夫人が謝意を述べた。初期のプロレタリア短歌時代を別として、決して声高に叫ぶことがなかった岡部にとって相応しい晴れ舞台であった。そして、初期の歌集で評価される歌人が多い中で、岡部の晩年の歌集に対する正当な評価は、多くの地方歌人に自信と勇気を与えるものであった。

昭和二十三年に岡部が北陸の氷見で地元の文学青年たちと創刊した雑誌「海潮」は現在もその灯火を守り、岡部の精神を伝え続けている。これもまた岡部に相応しいささやかな雑誌である。

アラビア語圏で

自然体で

大学へ入った年からだから、かれこれもう五十年間、中東と関わってきたことになる。社会に出てもほぼ一貫して中東の仕事をしてきた。退職後は大学院で勉強し直したりもしたが、その後また政府系のシンクタンクで中東の研究を続け、数年前にそれも終った。それにしても、この半世紀に中東では実に様々なことがあった。ナセル大統領の死、イラン革命、イラン・イラク戦争、湾岸戦争、中東和平、アラブの春、シリア内戦等々。それらの激動を間近に見て、ある時は当事者の一人ともなった。しかし、中東の最も根深い問題は、英仏による第一次世界大戦の戦後処理の失敗に起因する中東和平問題であろう。キャンプデービット合意、オスロ合意等で一定の進展を見て、パレスチナ人による限定的な自治は認められたものの、その後の進展はない。オスロ合意で決められたはずの「パレスチナ人の恒久的地位」は全く見通しが立っておらず、ガザではいまだ惨劇が続いている。曲がりなりにも中東アラブ世界に関わってきたものにとってこのことは残念でたまらない。

中東に関わる傍ら、短歌もまた三十五年程関わってきたことになる。私が短歌を始めた頃、前衛短歌は既に終わっていたが、その影響力は強かった。私も多少は影響を受けたとは思うが、その路線を辿ることはしなかった。その後の口語短歌、ニューウェーブ、ネット短歌等の目まぐるしい動きにも結局取り込まれることはなかった。それらの動きに羨望や憧れはあったが、真似をしてみても失敗することが分かっていたからである。拙くても自分自身の道を歩んでいくしかないと思った。

第一歌集『砂の詩学』は中東で作った短歌ということで取り上げられたりしたが、中東への赴任は社命であり、自分としては自然な成り行きであった。もちろん、アラビア語を学んだということから、いずれはという予測はあったが、歌のために選んだ道ではない。日本では、春には桜が咲き、夏には入道雲が湧き、秋には樹々が紅葉し、冬には雪が降る。しかし、私が赴任したペルシャ湾に浮かぶ豆粒のような島国、バーレーンは基本的には砂漠以外は殆ど何もないところである。極端な砂漠性気候であり、真夏の外気温は摂氏五十度にまで達する。しかし、短歌を作り始めてまだ一年ほどの私にはそこが作歌に困難な場所だという問題意識はなかった。何も考えずに、ごくごく自然体で砂漠の中で歌を作っていた。私にとって、中東との関りがある意味で成り行きだったように、短歌の作り方もまた自然体を保ちながら作ってきた。自分の歌を新しくする努力は常に大切だが、それは自分の身の丈の中でのことであって、その時その時に歌壇の流れには乗るまいと今も思っている。

アラブ諸国の憲法

会社を少し早めに退職したあと、大学院に籍を置いて勉強し直していた時に、ある中東関係の研究機関から声がかかって、研究生活に入った。その時にアラブ諸国の憲法制度の比較研究をしたことがあった。アラブ諸国の政体はサウジアラビアのような王政、アラブ首長国連邦のような首長制、エジプトのような共和制など様々であるが、ほとんどの国は憲法を有している。サウジアラビアには憲法と名付けられたものはないが「国家基本法」なる法律があって、これが事実上の憲法と見なされている。それらの憲法では概ねイスラム教を国教と定めているが、一方で、信仰の自由も保証しており、非イスラム教徒（キリスト教徒やユダヤ教徒など）の権利と保護も明確に定めている。また、大半のアラブ諸国の憲法では「シャリーア」（イスラム法）を法の源泉として定めている。シャリーアとは、「コーラン」と預言者ムハンマドの言行録を基にする法体系である。一冊の書物として纏められた法律ではないが、一つの法体系であり、マレーシアやインドネシアのようなアラブではないイスラム諸国でも法の源泉とされている。憲法や法律はいかなる場合でも、このシャリーアに違背してはならないとされている。ただ、千数百年前に成立したこのシャリーアだけでは現代の様々な問題に対応できないので、新しい問題が生じると、都度イスラム法学者たちが集まって、シャリーアの趣旨から推測してそれが合法か非合法かを判断する。例えば、イスラム諸国ではどこでも一日五回の礼拝の前にはモスクに付属するミナレット(尖塔)の上から礼拝への誘いの声(アザーン)が流される。少し前の話であるが、ロンドンでは相当数のイスラム教徒が住んでいるのに、アザーンを流すモスクがないので、ある業者が礼拝の時間にスマホに案内を配信するサービスを始めた。これがシャリーアの精神から見て許される事か否かをイスラム法学者たちが集まって協議をした。その時は「ないよりはまし」というような結論だったと思う。シャリーアは「生みもせず、生まれもしないアッラー」の意志に基づくものであれば、時代に応じて解釈を変更することはあっても、それ自体を改変することは許されていない。

アラブ諸国では有体に言えば、改憲の手続きはそれほど困難なことではない。特に専制君主国家ではそうである。例えば、私が住んでいたバハレーン王国の憲法ではその第三十五条で、国王が憲法改正の提案、承認、公布の権限を有していると規定されている。ただし、両議院(評議院と代議院)の三分の二以上の承認を得なければならない。因みに、同憲法では第三十六条で「侵略を目的とする戦争はこれを禁じる」と規定されている。このようにアラブ諸国の憲法改正は容易ではあるが、一方で、シャリーアから逸脱してはならないことも定めている。バハレーン王国憲法の第二条は「イスラム法シャリーアは立法における主たる源泉である」と規定している。この「立法」は憲法も含むと解されるので、シャリーアは国王が恣意的に憲法を改正することに歯止めをかけている。アラブ諸国では、専制君主すらも憲法の制約を受け、更にその憲法はシャリーアの絶対的な制約を受けているのである。

いつの時代でもどこの国でも、その時の政権は、恣意的な政治を行う。選挙で選出された政権といえども、一旦政権を握ると国民がそこまでは委任していないという部分まで暴走してしまう。それに歯止めをかけるのが憲法なのである。そしてアラブ諸国では憲法改正にシャリーアが歯止めをかけている。

いかなる政権もその政策に合うように恣意的に憲法を変更することは許されない。憲法の枠内で憲法の精神に沿った政治を行うのが政権の義務なのである。最近の日本の状況を見ていると、このことが危惧されてならない。

短歌と外国語

私は国文学専門ではなく、大学での専攻はむしろ外国語で、しかもアラビア語という「特殊な」外国語であった。今回は国文学研究の原稿依頼であったが、従って私は執筆の資格はないはずであるが、これも何かの機縁であろうと思い、いっそのこと外国語専攻の短歌実作者の立場から短歌と外国語との関係を考えてみるのも無駄ではないと思って依頼をお引き受けすることにした。

中学校に入学して英語を学び始めると、たいていの生徒は日本語との差異に戸惑うことと思う。もっとも現在は幼児からの英語教育が盛んであったり、帰国子女も多い事から、そうでない生徒も多いのかも知れないが、少なくとも私達の時代は殆どの生徒にとって英語教育は中学生になって初めて体験する異文化であった。音韻的には母音を伴わない子音が多い、形態論的には主語・述語の後に目的語が来る、否定語は動詞の直前に来る等々、英語と日本語との差異は小さくなく、それまで日本語の絶対性を疑ってこなかった少年にとって英語とはなんとも奇異な言語だと思った。しかし大学に入って学んだアラビア語という言葉は英語よりもはるかに不思議な言語であった。セム語族の音韻的な特徴として母音が3個しかなく、子音は28個ある、子音も喉頭化音が多いなどということは、英語以上に発声の意識的変革を強いた。文字表記の上でも、通常は母音が表記されないで子音のみが表記される、文字も語頭に来た時、語中の時、語尾の時ではそれぞれ形が違う。更に形態論的には、通常3個の子音より成る〈語根〉というものがあり、その〈語根〉が様々な活用をすることによって単語が成立する等々のことも不思議としか感じようがなかった。名詞も人称（一、二、三）、数（単、双、複）、性（男、女）などに応じて活用することも驚きであった。それに名詞とそれに掛かる形容詞は同じ形の活用をする。あの湾岸戦争の時のサダム・フセインの演説の「格調の高さ」にイラク国民は陶酔したが、それは名詞、それに掛かる形容詞が同じ活用をすることであたかも波のように韻を踏む事になり、そこに一種の詩的リズムを生じるからであった。もっとも、このように書いてもこの文章の読者には英語はともかくとしてアラビア語の特徴など容易には理解されないと思うが、ここではアラビア語の説明をする事が目的ではないので、言語の相対性ということだけを確認しておきたいと思う。

言うまでもなく短歌は日本語によって表現される言語芸術である。しかし、最近外国語（主として英語）による短歌作品の試みが種々なされている。それには既存の日本語による短歌作品の英訳と、初めから英語による短歌作品の創作とあり、少数とは言え、一部の熱心な人達によって推進されている。もっとも、国際化という点では俳句の方がはるかに進んでいるが、それでも、ここ数年の短歌の国際化の歩みも顕著である。その中で特筆すべきは、日本歌人クラブTANK

A研究会が年二回発行している“THE TANKA JOURNAL”の功績である。又、そのTANKA研究会の主要メンバーの一人でもある結城文氏の“DROPS OF DEW - Tanka in English”（97年・七月堂）はこの分野での大きな成果であった。この本には宮柊二等の作品の抄出が日本語の原作及びそのローマ字、英訳の三種類で表記されている。原作のローマ字表記が掲載されているのは、そのもともとの〈拍〉の味わいを尊重したかった為と思われる。

外国語による短歌の問題点は、それが翻訳の場合と、創作の場合とで多少違ってくるが、いずれにせよ日本語と外国語のその音韻的差異に起因すると言っていいであろう。即ち、日本語の音節（拍）の構造が〈子音＋母音〉を基調としているのに対して、多くの外国語では必ずしもそうではないからである。例えば英語の strike は一音節であるが、日本語では子音連続や子音で終る音節が無い為、これを日本語に取り入れて発音する時は、子音の間や終りに母音を添加して「ス・ト・ラ・イ・ク」（sutoraiku）と5拍に読み替えてしまう。

短歌の成立要因の中で最重要なものがその拍であることには誰も異論がないであろう。短歌は基本的に五・七・五・七・七の五句三十一拍で成立している。字余り字足らず、破調、或いは最近目に付く一部外国語の原語（原綴り）のままの導入等、全てこの五句三十一拍を前提にし、それを意識した上でのヴァリエーションである。短歌を英訳する場合、この短歌独特のシラブル（拍）をどう処理するかが最大の問題となる。前述の結城氏の著作のあとがき（英文）の一部を和訳して引用してみよう。「私が短歌の英訳を始めた当初、短歌の形、即ち句や拍の数よりも、その意味やニュアンスを英語に表現する事に専念していた。しかし、"THE TANKA JOURNAL"の他のメンバーのしごとの影響を受けて、私は短歌を五句三十一拍の原形のまま書くようになってきた」。この結城氏のあとがきの通り、短歌の意味を優先させればその形（五句三十一拍）は後回しとならざるを得ない。一方、その形を優先させようとすると、その意味内容は犠牲とならざるを得ない。ここに外国語による短歌の最も大きな課題があるのである。そして、結城氏を始めとする何人かの人達はこの問題の克服に地道な努力を続けているのであるが、これは容易に克服できる性質の問題ではない。

中東の小さな島で一人詠む——バハレーン歌日記

街果てるところは人と砂熱くせめぎあいいてこの国の秋

「今度、バハレーンへ転勤になります」と知人に言うと、「はあ、バハレーンね。えーっと、どこにあるのでしたっけ?」という返事が帰ってくる、「ペルシャ湾にある国です」と答えると、数日後、その人から電話がかかってきて「地図を見たら出ていました。バハレーンが。でも、海の上に国名は印刷されていますが、国土がどこにあるのか判りません」とくる。「もう少し大きな地図を見て下さい」と答えると、また数日後に「ありました、ありました。バハレーンが。小さな島なのですねえ。そんなところに一体どんな仕事があるのですか?」とやや同情的な口調で言われる。

平均的な日本人にとってバハレーンとはその程度の認識しかないのかも知れない。石油大国として有名なサウジアラビア、サッカーの試合で一躍有名になったカタールなど近隣の国の名前

十数年前、私はバハレーンはまだまだなじみの薄い国なのであろう。十数年前、私は日本で短歌を作り始めて間もなく、勤務する会社からの命令でこの国に転勤となり、ここで一人で短歌を作り続けていた。四年間の駐在を終えて日本へ帰国後、バハレーンで作った作品を中心に纏めた私の第一歌集『砂の詩学』が思いがけなく「現代歌人協会賞」を受賞した。歌の出来栄えはともかくとして砂漠で作ったというものが珍しかったのかも知れない。

実は今年の夏からそのバハレーンに再度の勤務となり、八年振りに住むこととなった。前述の通りバハレーンはペルシャ湾の中に浮かぶ小さな島国である。広さは日本の淡路島くらいであるが、国土の大半が砂漠で北部海岸沿いに僅かにナツメヤシを中心とする植物が生えているにすぎない。ここでは人の住む街は島にたとえられる。砂漠という海の中に浮かぶ島である。その境界は明確である。街が果てたところ、いきなり砂漠が広がっているのである。街は人の世界、その先は人間を厳しく拒否する砂の支配する世界なのである。この厳しさがユダヤ教、キリスト教、イスラム教などの世界の一神教を生んだと言われている。日本のように気候が温暖で国土が樹木と水に覆われている世界では、曖昧さを許さない唯一絶対の神の教えというようなものは確かに育たないのかも知れない。

異教徒も〝日中断食〟――バハレーン歌日記

月はいま聖断食月の始まりを告ぐべく細りて空に架かりぬ

昨年十二月十七日未明（バハレーン時間）、米国と英国はイラクへの武力攻撃に踏み切った。その数日前からここバハレーンのホテルは、イラクから退避してきた国連関係者と思われる人たちが大勢滞在していて、いずれ攻撃があることをうかがわせていたが、市内は特に異常な雰囲気ではなく、攻撃開始後もおおむね平常通りであった。しかし、バハレーンの沖合数キロには米国の軍艦が多数集結していて、そこから巡航ミサイルや艦載機が夜ごとイラク攻撃を続けていたのである。

そして、攻撃のさなかの十九日頃からイスラム世界は一斉に「断食月（ラマダン）」に入った。「頃」というのは、ラマダンはイスラム暦の第九月だが、イスラム暦は太陰暦なので、権威のあるイスラム僧が新月を確認してラマダン入りの宣言をしてはじめてラマダンになる。そのため、たまたま雲が出ていて新月の確認が出来ない国では一日遅れになることもあるからである。

「断食月」といっても、一カ月まるまる断食をするわけではない。この期間イスラム教徒は毎日日の出から日の入りまでは一切の飲食や喫煙を断つのである。敬虔なイスラム教徒は自分の唾液さえも飲み込まないという。その代わり、太陽が西に沈んだ瞬間に彼等は一斉に飲食を始め、親戚友人たちとこの聖なる月を祝い、深夜の三時、四時頃まで大騒ぎをする。その後、短い睡眠をとって朝また職場に出勤する。

当然イスラム教徒たちは日中集中力が散漫になる。私の事務所でも、普段の勤務時間は午前八時から午後一時までと、午後三時から午後五時半までのツー・シフトだが、ラマダン期間中は午前八時から午後二時までのワン・シフトだけとなる。会社の運転手たちもどうやら断食をきちんと守り、日中は空腹と睡眠不足でぼーっとしている。もっとも私はどうしても事務所に四時五時までいることが多いので、結局昼食抜きの毎日になってしまう。

日中はホテルの一部のレストランを除いて全ての飲食店は閉じられ、異教徒も含めて公共の場所での飲食は禁じられるので、とにかく家に戻らなければ食べる場所がないのである。バハレーン人の運転手のジャファに「僕もこの月はずっと日中断食だよ」と言ったら、彼は「ミスター・ミツイ、あなたも立派なイスラム教徒だ」と笑っていた。

小柄で温和な王様だった――バハレーン歌日記

西の果て一人の王の死の報に夕べ砂巻きてつむじ風立つ

三月六日土曜日、バハレーンの私の事務所は休みであるが、仕事が溜まっていたので休日出勤をしていた。そろそろ帰ろうかと思っていたら、机の上の電話が鳴った。事務所のインド人の職員からで、興奮した声で「BBCを見ていたら、バハレーンのシェイク・イッサが心臓麻痺で亡くなったと伝えています」という。私は思わず椅子から飛び上がりそうになって、「本当か？」と大声を出してしまった。

シェイクとはこの国の支配者の称号で、我々は便宜的に「王様」と呼んでいるが、正式には「首長」と訳されている。そのイッサ首長が以前心臓を患ったということは聞いていたが、余りにも突然である。

取り敢えず、電話を置いて、次の行動を考える。先ず、事実を確認しなければならない。日本人部下のK君の自宅に電話して、バハレーン国営テレビをつけてみろと言うと、電話の向こうでテレビのチャンネルを切り替える気配がして、コーランの読唱をやっていますと言う。チャンネルをそのままにして、何か発表されたら連絡するようにと言って、いったん電話を切り、次にバハレーン人のスタッフの自宅に電話をすると、沈んだ声で「シェイクが死んでしまった」と言う。そのうち、K君から電話があり、テレビでシェイク逝去を発表をしていますと言う。どうやら確実らしい。

つい先般、ヨルダンのフセイン国王が亡くなってからまだそれほど日も経っていないというのに、アラブはまた一人の指導者を失ってしまった。フセイン国王はリンパ癌で米国で治療を受けていたが、容態が悪化し、祖国に帰国してまもなく亡くなった。世界中の首脳、王族がその葬儀に参列した記憶もまだ生々しい。長く患っていたフセイン国王に比べ、イッサ首長の死はあまりに突然だった。

バハレーンの全ての事業所ではこの首長と弟の総理大臣、長男の皇太子の写真を並べて掲げることが義務付けられており、私も毎日のようにその顔を眺めていたが、小柄で、童顔で、温和な、日本人が抱く童話の世界のアラブの王様のイメージの典型のような支配者だった。東京の本社に第一報を入れて、事務所を出たら、夕焼けの街には強い風が吹いていて、商店は喪に服すために鎧戸を下ろし始めていた。

屈託ない、笑顔の子供たち――バハレーン歌日記

砂は小さき街を生み街は子らを生み、その子らが日溜りに遊ぶ昼過ぎ

十年前に駐在した時は、バハレーンの人口は三十数万人といわれていたが、現在は六十万人弱（注・二〇一八年現在では一五〇万人、うちバハレーン人は六十九万人）となっている。随分急激な増え方である。経済の低迷に伴うアジア諸国からの労働力の移動による社会増が主要な要因であるが、自然増も先進諸国に比較してかなり多い。医療の普及の結果、乳幼児の死亡率が大幅に低下したためであろう。そのため、近年バハレーンでは若年人口の増加が著しく、近い将来深刻な雇用問題を引き起こすことが予想される。これはバハレーンのみならず、他の湾岸諸国でも同じである。

しかし、当の子供たちは屈託がない。大人はいわゆるアラビア服を来ている人が多いが、男の子たちはズボンにTシャツやセーターなどといったさっぱりとした服装で、日本の男の子とあま

り変わらない。女の子たちは日常でもみなフリルなどがついた、日本でいえばよそ行き風の、結構かわいらしい服装で遊んでいる。住宅地の路地などが彼らの遊び場で、数人のグループで塀に落書きしたり、ボールを蹴りあったりしている。また、年長の女の子はよその小さな子供の面倒を見たりしている。数十年前の日本のようにまだまだ地域の子供集団が生きているようだ。

路地で遊んでいる子供たちに近づいたら、興味深そうに集まってきた。片言のアラビア語で話しかけてみると驚いたような顔をして、口々に何か叫び出したが、残念ながら私のアラビア語能力ではほとんど理解できない。写真を撮らせてもらおうとカメラを向けたら、女の子たちは恥ずかしがって、家の中に逃げ込んでしまった。それでも、男の子たちははにかみながらもカメラの方を向いてくれた。

バハレーンの教育制度は日本と同じように小学校六年間、中学校三年間が義務教育である。十年前は急増する児童数に校舎の建設や教師の養成が追いつかず、一つの校舎を午前の部の児童、午後の部の児童と分けて使っていたが、現在では整備が進んで、そのようなことはなくなった。湾岸にありながら石油資源の乏しいこの国では教育に力を入れざるを得ないのだ。そしてこの子供たちが成長した時に、それを吸収する雇用の創出がこの国の大きな課題となっている。

卓上に気配りの花一輪——バハレーン歌日記

炎天に黒き二つ手現れて朱の花不意に摘みたるらしも

赴任して一年が過ぎ、再び暑い夏がやってきた。この季節になると水道の蛇口を捻るとそれこそ火傷するような熱湯が出てくる。逆に、お湯の方の蛇口を捻ると冷たい水が出てくるという冗談まがいのことが実際に起きる。水の方は屋上のタンクから配管を通じて直接蛇口へ給水されるので、直射日光に照らされて熱湯になっているが、お湯の方は屋内にある電気ヒーターを経由して蛇口から出てくるので、電源を入れておかなければヒーターのタンクの容量の分だけ室内の冷房で冷やされた水が出てくるという訳である。

自炊生活は嫌いではないが、掃除だけが苦手で、スリランカ人のメイドに週二回来てもらっている。通常、家族帯同の駐在員は住込みのメイドを置いている人が多いが、私の場合は、単身であり、しかも出張で家を空けることが多く、それほど汚れないので、同僚の家の住込みのメイドにパートタイムで来てもらっているのである。彼女は私が出勤中に来て掃除をして帰ってゆくので、普段は顔を合わせることがほとんどない。

彼女は名前をランジェラという。年齢は確認したことはないが、三十代だろうか。肌の色は完全なチョコレート色である。一応片言の英語は話せる。もう何年もこの国で欧米人や日本人駐在員の家に住込んで、家事をして給料を溜め、本国の家族に送金しているらしい。

この国にはランジェラのような東南アジアの女性が沢山メイドとして働いているが、彼女の仕事振りは徹底している。彼女が来ていった日は家の中がきれいにされ、散らかったものは整理されている。洗濯は私は自分でしているが、干し上がったものをそのあたりに適当に置いておくと彼女がきちんと畳んでおいてくれる。その仕事振りはさすがプロのメイドと思わせる。ただ、私は単身で、家にお客を呼ぶこともないので、大きなダイニングテーブルを原稿を書くために使っているが、このテーブルにだけは彼女も決して手を触れようとはしない。大量の資料や雑誌が乱雑に山積みになっているので、恐れをなしているのかも知れないが、私もこのテーブルに手を触れられては困る。

先日の夜、帰ったらテーブルの上に庭の花が一輪摘んで置いてあった。彼女の精一杯のサービスであろう。

値段は駆け引き次第で……――バハレーン歌日記

ひとひらの金の重さは液晶の数字をいきいきと巡らし始めぬ

湾岸諸国の都市にはゴールドスークと呼ばれる金細工の店が集まっている区画がある。別にこの地域で金が採れるわけではないが、多分、昔から戦乱の時には家財や紙幣などより、金細工を身に付けて逃げ、それを物に換えて生きてゆくというアラビア人の知恵の所産であろう。そういえば、映画「アラビアのロレンス」の中で、ロレンスから箱一杯の英国政府発行のポンド紙幣を貰った部族の首長が「何だ、こんな紙切れ！」と怒り、代りに金貨を与えると大喜びをするというシーンがあった。

ここバハレーンでは三階建ての頑丈な建物の中に金細工の店だけが入っている。店員はインド人が多い。ショーケースに沢山並べられて売られているのはネックレス、ペンダント、ブレスレット、指輪、イヤリング等であるが、日本人に合うデザインはあまり多くないようだ。どれも定価は付いていない。デザインや加工に関係なく全て重さで取引される。例えば、鎖とペンダントヘッドと鎖を買う場合は、次のような会話になる。
客「そのペンダントヘッドとそれに合いそうな鎖が欲しい。」
店員（両方を一緒に電子秤で重さを計り、電卓でその日の金相場を掛けて）「六十ディナールになります。」
客「それは高い。四十ディナールにならないか。」
店員（鎖を少し細いのに換えて）「ミスター、これなら五十ですよ。」
客「まだ予算オーバーだ。四十以上出せない。」
店員「それは無理ですよ。原価を割ってしまいます。」
客「じゃあ、いいよ。隣の店に行くから。」
と店を出ようとすると、店員は慌てて「ミスター、ミスター、ちょっと待って！四十五でどうです！」という感じで、この辺で何となく折り合って商談が成立する。このあたりの駆け引きはほとんどゲームと言ってよい。客が本当に無理な値引きを要求しているのなら、当然、商談は成立せず、その客は家族への土産を買い損なうことになる。

盛大な祝い　ラマダン明け——バハレーン歌日記

聖砂漠、王と王子の肖像の日すがら立てり　冬に入る島

十二月に入ってこの小さな島にも涼しさと共にいろんな行事がやってきた。まず、九日からラマダン（断食月）が始まった。そして、十六日から二日間はナショナルディー（独立記念日）のお祝いである。バハレーンが英国の保護領から独立したのは一九七一年、まだ三十年にも満たない若い国なのである。当然、全ての役所、事業所はお休みである。商店も閉まるところが多い。島中に国王、皇太子、首相（国王の叔父）の三人セットになった大きな写真が立ち並んだ。主な建物は華々しいイルミネーションで飾られたり、祝賀の垂れ幕が下がったりする。

また、この頃から、町のあちこちでクリスマスの雰囲気も感じられてくる。イスラムの国でクリスマスは変に思うかもしれないが、この島の入口六十万人の内、約三分の二は外国人である。その中には相当数の欧米人やインド人、フィリピン人などのキリスト教徒が含まれており、教会

も幾つかある。この頃になると、外国人相手のスーパーマーケットではクリスマスツリー用の樅の木や飾り物などを売り出し、ホテルではロビーにクリスマスツリーを飾ったり、クリスマスディナーの催しなどを企画する。そして、下旬になると、外国人の多くは祖国で家族や親戚達とクリスマス、新年を過ごすために島を離れる。ただし、今回は、外国資本の金融関係者を中心にコンピューター二千年問題の対応のために島に残る外国人も多かったようだ。

一月一日だけは公式な休日となるが、二日以降は通常の勤務に戻る。そして、一月七日からはイスラム教徒にとっては一年中で最大のお祭りであるラマダン明けの祝祭となる。親戚中が集まって羊を一頭犠牲にしたりして、御馳走をたらふく食べながら盛大に祝う。日本風に言えば、文字通り、盆と正月が一緒にやってきた感じである。

このように、十二月から一月にかけては、バハレーンはいろんな行事が相次いで、何となく落ち着かない。事務所のバハレーン職員もインド人職員もそわそわしていて、いつも不愛想な運転手のジャファーもラマダン明けの前はとても嬉しそうである。

（注・イスラム暦は太陰暦なのでラマダンの時期は毎年ずれてゆく。）

元気な日本人学校の子供——バハレーン歌日記

ニッポンの少年少女がアラビアで奏でる〈韃靼人の踊り〉を

この島が一年で一番涼しくなる二月初めの金曜日、バハレーン日本人学校の「飛翔祭」（文化祭）が開催された。今年は私の会社が日本人学校運営理事長会社となったため、私も招待されて見学に行った。バハレーン日本人学校は、昨年四月の学年初めは小中学部併せて二十八名がいたが、日本の金融不況の煽りをまともに受けて、当地の多くの日系企業が駐在員事務所の閉鎖や減員を余儀なくされた結果、現在二十名にまで減少してしまった。

当地では日本人学校は私立学校扱いであるから、児童生徒数が減少すれば、入学金・授業料の減収になり、経営基盤をもろに揺るがす。毎月開催している学校運営理事会の議題もこの問題に対する対応策が主であった。結局、教員数を減らさざるを得ないことになって、今年までなんとか維持してきた一学年一クラスの学級編成を、来年度からはやむなく一部複式学級とすることとなった。できるだけ恵まれた教育環境を整備してやりたいというのは父兄たちの共通の願いであっただけに、残念であり、親たちの都合でたまたまこの地で学ぶことになった子供たちには済まないと思う。

しかし、第十五回「飛翔祭」での子供たちの活躍ぶりはそのような親たちの思いを吹き飛ばすほどの元気で、充実した内容であった。プログラムは、先ず開会式に続いて小学部5年生以上による英会話、小学部3年生~中学部によるアラビア語会話、そして創作発表が「ねずみのよめいり」(小学部低学年)「太陽物語」(同高学年)「命の木」(三人しかいない中学部)、それに全校による音楽発表である。どれも児童生徒が自分たちで創意工夫を凝らした演出であり、もう親を上回るような立派な体格の中学生から、可愛らしい1年生まで、みんなが助け合いながら、一団となって全力を尽くす姿は感動的だった。

音楽発表の合奏はボロディンの「韃靼人の踊り」だった。日本の子供たちがアラビアの地でロシアの歌を歌うという取り合わせが面白かった。

『昭和万葉集』に見る中東の短歌

一．はじめに

　これまで短歌で中東とはどのように歌われてきたのだろうか。我々「中東短歌」のメンバーとしては大いに関心があるところであるが、過去の短歌全てに目を通すことは不可能なので、ここでは『昭和万葉集』をテキストとして調べてみた。まず『昭和万葉集』について簡単な説明をしておく。一九七九年から八〇年にかけて講談社は全二十巻に別巻一冊を加えた『昭和万葉集』を刊行した。編集顧問は土屋文明、土岐善麿、松村英一、選者に太田青丘、鹿児島寿蔵、木俣修、窪田章一郎、五島茂、近藤芳美、佐藤佐太郎、前川佐美雄、宮柊二が名を連ね、更に上田三四二、岡井隆、島田修二、篠弘が編集協力を行った。書名が示すように昭和元年から刊行時（昭和五十四年）までの様々な職種、年齢の有名無名の歌人の作品、約八万二千首の作品が収められている。刊行時、私はまだ本格的に作歌をする前であったが、職場に出入りしていた書店に全巻を予約して刊行の都度、デスクへ届けてもらっていた。それから三十余年、物入れの奥に積み重ねてあったのを取り出して、この中に「中東」が如何に歌われているかを検討してみた。八万二千首の中から「中東」の歌をピックアップする作業はそれほど困難ではなかった。各巻は主題別に分類されているので、目次を見て「世界の動き」「海外詠」などの項目をチェックすれば足りる。それを一首一首、エクセルの表に「巻数」「ページ」「作品」「歌われている国」「出典」「作者」「作者データ」を確認しながら入力していった。「歌われている国」だけは私が判断したが、他の項目は全て『昭和万葉集』の中に記載されている。そうして得られた延べ五十二首のデータを基に考察した結果が以下である。

二.「エジプト革命」はいかに歌われたか

一九五二（昭和二十七）年七月二十三日、ムハンマド・ナギーブ将軍を首班とするエジプトの「自由将校団」（実質にはガマール・アブドゥル＝ナーセルがリーダー）はクーデターにより国王ファルーク一世を追放し、権力を掌握した。更に翌年には王制を廃止し、共和制に移行した（エジプト革命）。しかし、大統領に就任したナギーブとナーセルの内部対立が表面化し、ナーセルはナギーブ派を追放し、五十六年に自身が大統領に就任した。

ナーセルは国内ではアラブ社会主義政策を推進し、外交面では「汎アラブ主義」を取り、第三世界のリーダーの一人となった。五十六年七月、彼は、それまで英仏の権益下にあったスエズ運河の国有化を断行し、「スエズ動乱」（第二次中東戦争）が勃発した。これら、はるか西の地の動向は日本の新聞、ラジオでも大きく伝えられたに違いない。日本のテレビ放送は五十三年からなので、テレビのニュースでも報道されたのだろうが、当時、高価なテレビ受信機を持つ人は少なかっただろう。映像としては、むしろ映画館に於いて映画の前に上映された短いニュース映画でナーセルの勇姿を見た人が多かったかも知れない。なお、筆者が大学でアラビア語を学んでいた七十年九月にナーセルは心臓発作で急死した。享年五十二歳の若さだった。エジプト文部省から派遣されていたエジプト人教師は、しばらく喪に服して休講となった。彼の著作『革命の哲学』のアラビア語原文を板垣雄三教授のゼミで使用したことも忘れられない思い出である。

全世界の被抑圧者に同感をしたがへて立つナセルの眉根　太田五郎
鼻高きナセル大統領をスクリーンに見たるのみにて心は足らふ　飯岡幸吉
民衆のうちあぐる声エヂプトの彼《か》のナセルの声低くきこゆる　宮柊二
満身に基地持つ国の民にして起きぬけにスエズの記事は読みつぐ　太田青丘

日本の有名無名の歌人たちがこのような歌を作ってナーセルを讃えていた。どの作品からも作者の興奮が伝わってくる。特に太田青丘の上句に強い印象を受ける。国内に米国の基地を多数有する日本にとって、エジプトの状況は決して他人事ではなかった。日本の知識人は、植民地主義の軛から祖国を解き放ったナーセルに、日本の現状を重ねて強い親近感を覚えたと思われる。

三．イラク革命はいかに歌われたか

一方、イラクでも一九五八年にやはり「自由将校団」によって、預言者ムハンマドの血を引くと言われるハーシム家が統治する王政が倒され（「イラク革命」）、共和制が樹立された。ハーシム家一族や王政政府高官は民衆によって惨たらしい殺され方をした。私は、偶々これを目撃した会社の先輩からその凄惨な状況をつぶさに聴いた。それはともかくとして、エジプトの動乱に次いで、このイラクの変革も、日本の歌人の耳目を集めた。

ただざまに流動しつつ中東の回教の国、王を廃しつ　宮柊二
熟したる木の実収むるときのごと二夜に了えしイラク革命　窪田章一郎
マホメットの後裔《こうえい》といへりし国王のむくろ曝されて火は縦《はな》たれぬ　太田青丘
われ聞けり　沙《すな》よりあつきもの掲げてアラブを昨夜発つ風ありきと　岡井隆

エジプト革命に比べるとイラク革命に目を向けた歌人は少なかった印象があるが、一部の歌人たちはこのような作品を残した。なお、宮柊二の作品の「回教」という言葉が今では違和感がある。中国で最初にイスラームを受け入れた少数民族回族に由来するこの言葉は、日本でも長く使

われてきたが、現在では使われることは無い。なお、岡井の象徴性、レトリック性の強い作品が印象的である。

四．アルジェリア革命はいかに歌われたか

マグレブ諸国の一つアルジェリアは、エジプトやイラク以上に日本から距離的にも心理的にも遠いと思われるが、ノーベル文学賞受賞者のアルベール・カミュがフランス領アルジェリア出身ということで、これも日本の一部の知識人は強い関心を寄せていた。アルジェリアでは一九五四年から六二年にかけてフランスの支配に対する独立戦争が戦われた。この戦争で百万人に及ぶ死者が出たといわれる。また、戦争中にフランスはサハラ砂漠で原爆実験を行った。六二年、「アルジェリア民主人民共和国」が成立し、初代大統領ベン・ベラは社会主義政策を推進してゆく。

戦中に育てば思うくりかえしアルジェリア民衆意志表示せよ　篠弘

アルジェにたたかい死にし青年の〈愛〉わが裡に旗なせり　冬　水落博

日当たらぬビルの谷間を歩みつぎアルジェーのカミュ恋う事激し　安宅夏夫

篠の「意思表示」には岸上大作の影響が感じられるが、当時、若者に流行ったことばなのかも知れない。水落作品には前衛短歌の影が顕著であるが、ここでもアルジェリアの状況と日本の状

況が二重映しになっている。安宅作品には、やはりカミュを通してこの国に親しんでいたことを伺わせる。

五．中東の自然はいかに歌われたか

エジプト、イラク、アルジェリアなどの動乱はメディアによって日本に伝わり、歌人たちはそれらメディアによって伝えられた映像などから作品を紡いだ。しかし、実際に中東を訪れ、直接目にした中東を歌った歌人も少数ながら存在した。

みるかぎり起伏をもちて善悪の彼方《かなた》の砂漠ゆふぐれてゆく　佐藤佐太郎
砂のいろおぼろになりてくれぐれの砂漠は寂し遠き夕映　佐藤志満
チグリスとユーフラテスとここに会ふ春すさまじく風が煽《あふ》る波　鈴木英夫

一九六四（昭和三十九）年、佐藤佐太郎・志満夫妻は、中東の上空を飛んだ。引用二首は、アラビア上空を飛びながら機窓から眺めた砂漠を捉えた作品である。佐太郎作品、「善悪の彼方」というところに日本の箱庭的自然と全く異質の砂漠のスケールの大きさに圧倒されている姿が浮かび上がる。志満作品は、結句に夕暮れの砂漠に引き込まれていくような恐怖感さえ感じられる。鈴木作品には、世界史で習ったメソポタミア文明の現場に今立っている興奮が感じられるが、下句の描写は見事である。これらの作品は、この頃から増えて来た「海外詠」の中でも異彩を放っている。

六．最後に

日本は欧米の文化を明治初期以来百年以上に渡って、苦労しながらもそれなりに摂取してきており、その風土やそこで培われたキリスト教文化にある程度の知識と親近感を持っていたが、中東アラブ諸国との接触は極めて浅く、イスラームに対する理解も限定的なものであった。しかし、戦後、中東諸国の植民地支配からの解放闘争のニュースは世界を駆け廻り、多くの日本人の関心の的となった。特に、その解放闘争が、米軍基地を多く抱える日本の現状と重ね合わされたことは注目に値する。歌人たちもそれらの報道に大きく心を動かされ、歌が作られた。それは『昭和万葉集』という極めて限定されたテキストに拠ったこの小論でも多少なりとも垣間見ることが出来ると思う。

短歌に「アラブの春」

海外詠はそれぞれの時代で主な担い手や主な発信地があった。かつてはモスクワ在住の駐在員夫人たちの投稿グループがあったし、国際結婚してヨーロッパに住む女性たちの活躍があったし、男性でも駐在員の歌や、刑務所のような特殊な環境で発信される短歌も話題を呼んだ。

中東に関して言えば、約二十年ほど前バーレーンに在住した商社員の三井修、三年前までアブダビで日本語教師をしていた齋藤芳生《よしき》などの先例はあったが、それらはあくまで点としての存在でしかなかった。それが最近、面としての動きを示し始めていることが注目される。

今年に入って「中東短歌」という雑誌が創刊された。これは現在ヨルダン在住の二十五歳の千種創一（東京外大の「外大短歌」出身）を中心に、前述の三井、齋藤を含めて柴田瞳、町川匙《さじ》、幸瑞《ゆきみずき》の、何らかの形で中東に関わりのある六人が参加している。

絨毯のすみであなたは火を守るように両手で紅茶をすする　　千種創一

朝明けはモスクも霧の中なりき砂塵と祈りの声はとけ合う　　齋藤芳生

更に「中東短歌」とは別に、シリアの首都ダマスカスで研究生活を送った柳谷あゆみの『ダマスカスへ行く　前・後・途中』という歌集も出版された。

過ぎるたびなにやらひとりになる　カーブ、あれは海ではなくてダマスカス

これらの中東を巡る短歌の新しい動きは、あたかもここ数年のいわゆる「アラブの春」に呼応するかのような印象さえ与えるが、その前途は「アラブの春」同様、混沌《こんとん》としている。

朝日歌壇における海外詠

1．大塚金之助と朝日歌壇

大塚金之助の歌人としての出発はベルリン留学時代に遠見一郎のペンネームで「東京朝日新聞」の「朝日歌壇」に投稿して、島木赤彦に選をされたことであった。ペンネームの由来は、母とみの長男という意味である。一九一四（大正三）年三月に東京高等商業学校を卒業した大塚は、四月から同校講師嘱託となり、一七年には二十五歳の若さで教授となっている。一九年には同校から留学を命じられ、米国、英国での滞在を経て二〇年にはドイツに移りベルリン大学に入学する。ベルリン留学中の大塚がどのようにして朝日歌壇に投稿したのか、推測の域を出ないが、多分、日本大使館などで閲覧させてもらっていたのであろう。因みに、東京高等商業学校は官立専門学校であり、その教授である大塚は「奏任官」、即ち国家公務員の扱いであったはずであるから、大使館も便宜を図ってくれた可能性はある。また、当時は「東京朝日新聞」の他にも「大阪毎日新聞」、「読売新聞」などもあったはずであるが、もし大塚がその中から敢えて「東京朝日新聞」を投稿先として選択したとすれば、それは、かつて石川啄木がそこで校正係をし、更に「朝日歌壇」選者をしていたことが関係していたのかも知れない。社会主義に親近感を持ち始めていた大塚は、啄木に深い共感を持っていた。

大塚はベルリンから「朝日歌壇」に投稿をし、二一年一月二十日付け同紙に初めて作品が掲載された。選者は「アララギ」の島木赤彦であった。島木赤彦（一八七六〜一九二六）は長野県の現・諏訪市で生まれ、長野県尋常師範学校を卒業した後、教員をしながら短歌を作り、やがて正岡子規の歌風に魅せられ、子規の弟子である伊藤左千夫に師事するようになった。左千夫の死後、赤彦は上京し、「アララギ」の編集発行人となる。赤彦が編集を担当するようになってから「アララギ」は歌壇での勢力を大きく伸ばし、島木赤彦の名声も上がっていった。そのような中で赤彦は一九二〇年一月からは「朝日歌壇」の選者にもなっている。大塚の最初の「朝日歌壇」掲載紙を確かめてみると、掲載作品は下記の通りである。

異国《ことくに》をさすらひ歩《あゆ》むひとりびとあきらめ心《こゝろ》すでに過《す》ぎをり
たよるべきよすがなければ樹《き》をだきていぢめられたる子供《こども》は泣《な》くも
（伯林《ベルリン》にて）

因みに、選者は赤彦一人であり、掲載されている作品も六名の十首だけである。これを機会に大塚は赤彦の直接の指導を受ける決意をし、一九二二年五月十八日、弟の富士夫を通じて「アララギ」の入会申し込みをしている。同年八月号の「アララギ」赤彦選歌欄にやはり「遠見一郎」の名で作品が掲載されている。

2. 海外詠について

「海外詠」というものについて改めて考えてみたい。三省堂の『現代短歌大事典』には以下の様に説明されている。

海外への旅行、滞在、永住をモチーフとする歌を「海外詠」と総称している。近年、海外生活を契機とする歌が増え、日本独特の短詩型文学とされてきた短歌に主題や言葉の拡大をもたらし、新たな問いを提出している。さらに移民や戦前・戦中の日本語化政策等によって、ブラジルや台湾をはじめとする海外で詠まれてきた短歌を含み、従来の旅行詠とは違う問いを投げかけるジャンルとして注目されている。（川野里子）

この説明は短い行数で要領よく纏められてはいるが、更に説明すれば、海外詠を考える場合、幾つかの切り口からの分析が必要になる。なお、一時的旅行者が旅行先の地で作った作品も、広義の「海外詠」に含まれるが、ここでは一応、それは除外して考えたい。ここで考察の対象とする海外詠作者には、先ず、①官庁や企業から派遣されている人、及びその帯同家族がいる。次に、②後述するネーダーコールン靖子などに代表される国際結婚した日本人（その大半は女性）がいる。それから、③祖父母や親の世代に移住してきて定住している、いわゆる「日系人」の中に短歌を作り続けている人がいる。更に、④留学生等それ以外の立場の人たちもいる。地域的には、前記①の立場の人たちは世界中に広がっているが、欧米やアジアに比較的多い。②の立場の人は比較的欧米に多く、③の立場の人たちは圧倒的に中南米に多い。しかし、筆者の経験から言えば、欧米圏、イスラム圏、漢字圏といった文化圏の違いよりも、むしろ、気候性の差の方が大きいと思う。日本のような湿潤で四季の区別が明確な地域か、赤道近くの四季の区別が比較的小さい常夏の地域か、或いは、中東地域のような極度の乾燥地域かという違いの方がはるかに大きい。それは短歌詩型が湿潤で四季の区別が明確な日本の風土に根差し、そこで培われた日本語で表現されるということと関係していると思う。

3．朝日歌壇について

現在の「朝日歌壇」の選歌システムについて説明しておきたい。大塚金之助がはるばるベルリンから投稿していた大正時代は、島木赤彦が一人で十首選歌していたが、現在では馬場あき子、佐佐木幸綱、高野公彦、永田和宏の四人の共選となっている。二週間に一度、四人の選者が東京の朝日新聞の一室に集まり、半日かけて、毎回数千首にのぼる投稿作品を順番に回して目を通しながら、候補作をピック・アップしていく。そうして選者が選んだ各十首が二週間後、三週間後に選評と共に月曜日朝刊に掲載されるのである。共選であるから、複数の選者が選ぶ作品もあり、その場合は作品の上に☆が付けられている。この共選というのは、多分、朝日新聞だけのやり方であろう。

ところで、新聞の短歌投稿者の一部では、〝朝日歌壇は意識的に海外詠を採る〟という「伝説」がある。今、他の新聞と統計的に比較をしてみる余裕はないが、確かに多いという印象は受ける。「朝日歌壇」にはどれくらい海外詠が採られているのであろうか。二〇一一年と一二年の二年間の「朝日歌壇」の全掲載作品から海外詠（住所が海外）の数を上げてみた。その前に、掲載総歌数は四人の選者が毎週十首を採って、一週間に四十首ある。一一年は五十二回、一二年は五十回（東日本大震災のため三月は一回休載）、計一〇二回であるから、この二年間の掲載総数は四〇×一〇二で、四〇八〇首となる。その中に海外詠は、一一年は九十七首、一二年は五十首、計一四七首あった。総歌数四〇八〇首で割ると3.6％になる。

この3.6％という数字をどう見るかであるが、感覚的には多いと思う。「感覚的に思う」というのは、やはり、物を言う以上は、少なくとも読売新聞、毎日新聞など、他の全国紙も同様に調査をして比較しなければならないことは承知しているが、今、それだけの余裕がないので、この点をお断りしておきたい。ところで日本人の総人口は一二八、〇五七、三五二人（二〇一〇年国勢調査）であり、同年十月の海外在住日本人（国勢調査には含まれない）は一、二一一、五四七人

（外務省調べ）である。国勢調査の数字に海外在住者数を加えた、日本人総数は一二九、二六九、八九九人となり、それを海外在住者数一、二一二、五四七人で割れば、0.9％となる。つまり、海外に住んでいる日本人が1％に満たないのに、朝日歌壇では4％弱が海外在住である。〝朝日歌壇には海外詠が多い〟という言い方は必ずしも否定できない。少なくとも朝日新聞社が選者にそのように要請をしていることはないようだ。やはり、投稿する側の問題であろう。つまり海外に在住している日本人の中の短歌愛好者が、日本の新聞に投稿する時に、他の新聞よりも、朝日新聞を選ぶ人が多いだろうと推測される。その理由としては、幾つか考えられるが、先ず、前述の「伝説」の存在である。その「伝説」の根拠となったのは、過去・現在の数人の海外からの同紙への常連投稿者の存在であった。古くは、モスクワ在住の日本人駐在員の夫人達のグループがあって、「朝日歌壇」に投稿していた由だが、配偶者の日本帰任に伴い、その人たちの投稿は途絶え、その後、今から約二十年程前になるが、ネーダーコールン靖子、モーレンカンプふゆこ、ツァング実千代などの名前が「朝日歌壇」を賑わせた。いずれも国際結婚をした日本人女性である。しかし、ドイツのツァング実千代は病気で急逝し、オランダのネーダーコールン靖子も癌を病み、自ら安楽死を選択した。モーレンカンプふゆこもいつしか短歌より俳句の方に軸足を移していったようだ。その後、現在まで「朝日歌壇」で話題を提供したのは郷隼人である。作品から推察すると、郷はアメリカで殺人の罪により終身刑の判決を受けて服役中のようである。そういった個性的で話題性のある投稿者たちが常に「朝日歌壇」を賑わせて来た。

4．最近の「朝日歌壇」における海外詠

ここ数年の「朝日歌壇」における海外詠の実例を幾つか紹介してみたい。

春までの日本語課程みな終えて空いっぱいの「さよなら」の歌

（マレーシア）関澤元史（二〇〇七年四月二日、佐佐木幸綱・馬場あき子共選）

この作品に対して選者はこんな選評を寄せている。「マレーシアでうたう「さよなら」の歌。作者は日本語教師か。いっしょにうたうのは卒業してゆく生徒たちだろう。達成感が読者をも明るい気分にさそってくれる」。卒業してゆく生徒たちとの別れの寂しさもあろうが、一方で、その生徒たちの未来を祝福する気持ちも伝わってくる作品である。

母の日に〈母の心の草《マザーズハート》〉と呼ぶ薺《なずな》の押し花カード贈りぬ

（アメリカ）郷隼人（二〇〇八年五月九日、高野公彦・馬場あき子共選）

この作品に対する選評は「〈マザーズ・ハートの草〉と呼ばれる、慎ましい薺の押し花カードにこめた、母への熱い感謝の気持ち」（高野）、「郷さんのお母さんは何歳になられたのか。〈母の

心の草〉の押し花にこめた思いが切実」（馬場）となっている。因みに、高野も馬場も、年末に発表するこの年の「年間秀歌」に推している。

白鳥はゆらり飛び立つ足の裏を地球の春の水に濡らして
（ドイツ）西田リーバウ望東子（二〇一〇年三月二十二日、永田和宏・馬場あき子共選）

氏名から察して国際結婚された人だと思うが、言うまでもなく、国際結婚には様々な困難が伴う。それを克服するのは夫婦の愛情であるが、一方で、どちらかが広い国際的視野というか、グローバルな視点を持つことも重要であろう。この一首は作者の思考のグローバル性が「地球の春の水」という把握をもたらしたことを示している。

心の石ずしりと重くパソコンを開いて日本の新聞を読む
（フランス）松浦のぶこ（二〇一一年七月八日、馬場あき子選）

海外で生活していく上で、日本では感じられない葛藤、ストレスなどがある。そんな葛藤やストレスをこの作者は「心の石ずしりと重く」と表現したのは巧みである。

5．最後に

筆者は、長く中東とのビジネスに関わりながら短歌を作り続けて来た。四半世紀前の最初の中東生活では、日本の新聞は、日本から事務所宛に三、四日かけて送られてきていた。やがて、日本の主要新聞が、欧州滞在の日本人向けに、誌面をデータ伝送して、欧州で印刷するようになってからは、欧州から中東へ翌日には届くようになった。そのような事情が一変したのは、インターネットの登場であった。インターネットの普及により、情報の面では物理的距離はゼロになった。ネットの時代に入って、新聞の役割は減少していると言われている。新聞社自身もそのことを十二分に認識していて、紙媒体の他にネット配信するなど、紙媒体とネットとの共存を模索している。しかし、まだまだ全ての人がネット社会に馴染んでいるわけではなく、特に中高年の短歌愛好者には、依然として新聞短歌は重要な発表手段である。

大正年代に遠くベルリンにおいて大塚金之助はその「朝日歌壇」への投稿をきっかけとして歌人への道を歩み始めた。そして大塚は社会経済学者として成長していくのと並行して、歌人としても成長していった。その後も「朝日歌壇」は、現在に至るまで多くの海外在住者の投稿を掲載し、それらの掲載歌は、その時々の社会情勢を色濃く映しだしている。国際社会のグローバル化が進みつつある現状では、海外詠の様相も多様化していっている。「朝日歌壇」が今後とも、多くの海外在住短歌愛好者の期待に応えていってくれることを望んで、結語としたい。

雪降る国から砂降る国へ

朝鮮総督府の役人をしていた父が母と六歳、三歳、生まれたばかりの三人の小さな子供を伴って、引揚船で日本に帰り着いたのは昭和二十年の秋だったらしい。引揚者の父の一家は取り敢《あ》えず、能登半島の中島町の父の生家に落ち着き、やがて金沢に移住した。そして、昭和二十三年、私は父母の四番目の子供として金沢で生まれ、父は日本専売公社に職を得た二十六年頃には福井に転勤となり、私の幼い記憶も福井時代から始まり、湊新町というところの、多分、市営住宅であったと思う家のことや、大きな水害があって夜中に市役所へ避難したことなどを断片的に覚えている。

昭和二十九年に父は専売公社の輪島出張所長として転勤となり、我々一家も福井から輪島市河井町一本松下の輪島出張所に隣接した社宅に移転した。輪島時代、小学校入学前だった私は、若い職員が運転して煙草《たばこ》を隔日に市内の小売店に配送する車の助手席に乗せてもらうことが楽しみだった。昭和三十年、私は輪島市立河合小学校に入学したが、二年生の時、中島町の父の生家で一人住まいをしていた祖父が倒れたため、長男の嫁である母は三歳上の兄と私を連れて舅《しゅうと》の介護のため父の生家に移り、母は父と上の兄二人が残る輪島と中島の間を行き来する生活になった。以降、私は中島町立笠師保小学校、中島中学校を卒業、七尾高校に進学した。その間、父も輪島から七尾に転勤になり、中島の家から通勤するようになった。祖父も私が中学生の時に他界した。

七尾高校時代のことはとても懐かしく思い出される。特に、いい教師に恵まれていたと思う。入学時の校長は島田湖山先生、名前も漢文風だが風貌《ふうぼう》もいかにも漢学者らしい先生であった。次いで平野昌平先生に替わったが、両先生とも父の旧制七尾中学時代のクラスメートであり、なんとなくきまりが悪かった。

どの先生も素晴らしかったが、私が特に影響を受けたのは日本史の橋本澄夫先生であった。一学期は縄文土器の話ばかり、二学期は弥生土器の話ばかり、三学期が古墳時代から現代までという、今から考えるととんでもない先生であった。七尾高校は進学校であったため、当然、生徒からは、これでは大学入試で不利になると文句が出たが、その先生は一向に動じなかった。しかし、私は先生が授業中に生徒に回覧した図鑑の火炎土器の美しさに魅入られ、考古学を志したいと真剣に思った。結局、考古学者にはならなかったが、卒業後に何気なく覗《のぞ》いた考古学関係の雑誌に「石川県少壮の考古学者橋本澄夫氏の研究では……」とあって驚いた。その後、石川県埋蔵文化財センター長などを歴任された、県内考古学関係者にはおなじみの橋本澄夫先生の若き日の姿である。

その他にも思い出深い先生方は多い。英語の杉森喬先生は作家の杉森久英のお兄さんであったが、私の卒業後、県高教組の委員長になられたはずである。体育の岸あや子先生は母の旧制七尾女学校時代のクラスメートで、私のことを「へー、あんたが出水さん（母の旧姓）の息子さんかいね？」などと言って、私を恥ずかしがらせた。他にも国語の山元先生、化学の浜田先生、数学の鹿渡先生などが思い出されるが、どの先生も教育熱心であるだけでなく、専門の学問についてアカデミックな雰囲気を持っていたと思う。まるで石坂洋次郎の小説に出てくるような、北国の城下町の、旧制中学以来のバンカラの雰囲気を持つ進学校での多感な日々であった。

七尾高校卒業後、私は東京外国語大学に入学した。遠いはるかな国に憧《あこが》れたのだが、専攻をモンゴル語にしようかアラビア語にしようか、最後まで迷って、結局、当時はまだモンゴル語より馴染《なじ》みがなかったアラビア語を選んだ。在学中にまだ五十代だった母が病死した。卒業の時は、高度成長期のピーク時であり、一般的に就職は楽であったが、アラビア語などという風変わりな言葉を専攻した者にはそれほど選択肢はなく、結局、世界中に事業を展開している商社に就職した。会社の中でほぼ一貫して中東関連分野を歩き、駐在や長期・短期の出張を繰り返してきた。母の死後、父は再婚したが、その父も私の最初の海外駐在中に心筋梗塞《こうそく》で亡くなった。

会社生活も脂が乗ってきた三十代初めに、私は短歌という、いわばもうひとつの人生を見つけた。元々、詩歌に関心はあったが、新聞の短歌欄を読む程度であり、仕事が忙しいこともあり、自分で作ってみることはなかった。多分、それまで私が触れてきた短歌が茂吉や白秋など、いわゆる近代短歌までであったことも関係していたのかも知れない。それが、ある時、たまたま現代歌人が作った短歌を読んで、こんな世界があるのだと驚愕《きょうがく》した。

その時の気持ちは、喩《たと》えて言えば、中学生の頃、歌といえば歌謡曲しか知らなかったのが、ある日突然ビートルズを聴いた時の驚きにも似ていたと言えよう。短歌を作り始めて、直《す》ぐに中東へ転勤になったことも今ではかえってよかったと思う。海外在住中の作品を中心に故郷能登の作品も含めて纏《まと》めた私の第一歌集『砂の詩学』が、思いがけなく、「現代歌人協会賞」を受賞した。その時、ある歌人が「三井修の歌の世界では、故郷能登に降る雪と、眼前のアラビアの砂漠に降る砂とが奇妙に重なっているのが特徴的である」という趣旨の批評をしてくれたことが嬉しかった。

その後も私は相変わらず中東と日本を往還しながら、歌を作り続け、何冊かの歌集や評論集を出版したが、昨年の夏に思い切って、二十八年間勤めた会社を退職し、文筆に専念することとした。そして、その傍ら、今年の春からは一橋大学大学院言語社会研究科に入学し、もう一度勉強をやり直すこととした。これまでの経験を買われて中東関係の執筆も続けており、短歌と中東と、更に学問という二足のワラジどころか、三足のワラジを履く羽目になってしまった。雪の降る能登も中東の砂漠も、どちらも今の私にとっては原風景なのである。

アラビアを垣間見た二人

二十世紀の初め、二人の日本の知識人が当時の日本人に殆ど知られることのなかったアラビアを垣間見た記録を残している。一人は物理学者で随筆家としても知られた寺田寅彦、もう一人は精神科医師でアララギの歌人でもあった斎藤茂吉である。寅彦は明治四十二年に、茂吉はそれより十二年後の大正十年に、それぞれヨーロッパへ向かう航海の途上にアラビアを見ている。当時多くの日本の知識人が留学のため或いは視察のためにヨーロッパを目指したが、飛行機が発達していなかった当時は当然航海はスエズ運河経由であり、否応なくアラビアという未見の地を目の当たりにして、強烈な印象を受けたことは想像に難くない。もちろん、アラビアという呼称は広く、現在では北アフリカ一帯と東地中海域及びアラビア半島を差す言葉であり、この二人が見聞した地域は、当時の欧州航路にあたる紅海からスエズ運河を抜けるまでのアラビアのほんの一部であるが、それ以外のアラビアは当時の日本人には事実上訪れる事はまず困難であったゆえ、この航路の両側即ち、紅海に入る直前のアデンと紅海を航行する船から見える両側のアラビア半島とアフリカ側の光景、そしてスエズ運河を含むエジプトの一部が事実上当時の日本人に見聞し得るアラビアのほとんど全てであったと言ってよいであろう。

*

『寺田寅彦随筆集』（岩波書店）に収められた「旅日記から（明治四十二年）」（以下、単に「旅日記」）の「アラビア海から紅海へ」には次のような記述がある。

（四月二十三日）朝食後に出てみると左舷に白く光った陸地が見える。ちょっと見ると雪でもおおわれているようであるが、無論雪ではなくて白い砂か土だろう。珍しい景色である。なんだかわれわれの「この世」とは別の世界の一角を望むような心地がする。「陸地の幽霊」とでもいいたいような気がする。

（略）

朝九時アデンに着いた。この半島も向かいの小島もゴシック建築のようにとがり立った岩山である。草一本の緑も見えないようである。やや平坦なほうの内地は一面に暑そうな靄のようなものが立ちこめて、その奥に波のように起伏した砂漠があるらしい。この気味のわるい靄の中からいろいろの奇怪な伝説が生まれたのだろうか。

「旅日記」は四月一日の上海の様子から始まり、香港、シンガポール、ペナン、コロンボと各寄港地の模様と、船内の様子などを克明に描写して、いよいよ船がアラビア海から紅海に入るときの記述である。アデンは言うまでもなく現在はアラビア半島の南西部にあるイエメン共和国の港町であり、古代より交易の中継地として栄え、この当時は英国が支配していた。生まれて初めて見る砂漠の光景を、寅彦は「この世とは別の世界の一角」或いは「陸地の幽霊」と表現している。今日でこそ我々は地球上はおろか、惑星の表面まで映像で見ることができるが、この時代は科学者寅彦でさえ恐らくは伝聞でしか知らなかったと思われる砂漠の地を目の当たりに見た驚きが実に生き生きと伝わってくる文章である。一般にはアラビアというと乾燥地帯という印象が強いかも知れない。事実、内陸部は乾燥度が強いが、沿岸部では逆に意外と湿度が高く、時には湿度一〇〇%近くになり、条件によってはそれが靄となる。尚、寅彦が言う「いろいろの奇怪な伝説」とは何を差すのだろうか。シンドバッドの物語が念頭にあるような気がするが、シンドバッドはアデンのずっと東北にあるマスカットから航海に出たと伝えられている。しかし、その様な厳密な知識が寅彦にあったとは思えないから、やはりここはシンドバッドの物語を想定するのが妥当だと思う。

ついで「旅日記」の中の「紅海から運河へ」に次のような記述がある。

（四月二十七日）夕方には左にアフリカの連山がみえた。真に鋸の歯のようにとがり立った輪郭は恐ろしくも美しい。夕ばえの空は橙色から緑に、山々の峰は紫から朱にぼかされて、この世とは思われない崇厳な美しさである。紅海は大陸の裂罅だとして思ってみても、眼前の大自然の美しさは増しても減りはしなかった。

船はまだ紅海の中をスエズに向けて北上している。ここでも寅彦はもう一度アラビアの岩山を「とがり立った」と表現している。日本でもアルプスの高山は確かにとがり立っているが、海岸沿いの低い山は一様に濃い緑に覆われている。海から見える沿岸の山々が緑ひとつなく荒々しく切り立っているという事実は寅彦にとって余程印象的だったようだ。アラブ諸国の日本人学校で教育を受けた生徒が日本の学校へ転校になると、図画の時間に山を必ず茶色に描くという話がある。昔、「猿の惑星」というSF映画があった。宇宙の旅を終えて地球に帰ってきたら、地球は核戦争で文明は滅び、その代り猿が人間を家畜のように「飼育」しているという筋だったと思う。あの映画を覚えている人がいるかも知れない。あの映画の舞台を想像していただければよいであろう。事実、あの映画は寅彦が衝撃を受けたこのアラビア半島の反対側にあるオマーンでロケされたものである。

（四月二十八日）朝六時にスエズに着く。港の片側には赤みを帯びた岩層のありありと見える絶壁がそばだっている。トルコの国旗を立てたランチが来て検疫が始まった。（略）。十時出帆徐行。運河の土手をまっ黒な子供の群れが船と並行して走りながら口々にわめいていた。船ではだれも相手にしないので一人減り二人減り、最後に残った二三人が滑稽な身ぶりをして見せた。そして暑い土手をとぼとぼ引き返して行った。

希代のエッセイスト寅彦は自然だけではなく人間の姿も実に生き生きと、かつ深い愛情をもって描写する。当時エジプトを含む中東地域の大半はまだオスマン・トルコの支配下にあった。「アラビアのロレンス」こと英国の考古学者T・E・ロレンスが祖国英国陸軍の命を受けて、オスマン・トルコの圧制に苦しむアラビア半島のベドウィン民族のトルコに対する反乱を指導したと伝えられるのはこれから数年後の事であった。因みに、近年の実証的研究は、伝えられている「アラビアのロレンス」像が余りに誤謬に満ちていることを立証したが、ここでそれを詳述する余裕はない。当然運河の管理もオスマン・トルコ政府の手にあったので、トルコの国旗を立てたランチが来て検疫を始めたのであったが、科学者寅彦はその事実も正確に記述している。観光客を相手にする子供達の様子は現在もあまり変わっていないようだ。尚、寅彦の船はこの後スエズ運河を抜けポートサイドから地中海に入り、イタリアへ向かう。

＊

一方、茂吉は大正十年三月に長崎医学専門学校教授の職を辞して、同年十月にヨーロッパ留学の船旅に出た。寅彦より実に十二年後のことである。当然寅彦と同じルートで香港、シンガポール、ペナン、コロンボを経由しており、それぞれの寄港地で寅彦同様記録を残していることは興味深い。寅彦の場合は随筆であったが、茂吉の場合は勿論短歌であり、『つゆじも』の最後の方に「洋行漫吟」として収められている。「十二月一日。アデン湾。三日。紅海」という詞書の後に、

アデン湾にのぞむ山々展《ひら》くれど青きいろ見ゆる山一つなし
朝あけて遠く目に入る鋭《と》き山《やま》をアフリカなりといふ声ぞする
空のはてながき余光《よくわう》をたもちつつ今日《けふ》よりは日がアフリカに落つ
アフリカに日の入るときに前山《さきやま》は黒くなりつつ雲の中の日
あかつきは海のおもてに棚《たな》びける黄色《くわうしよく》の靄《もや》あな美《うつく》しも
海風《うみかぜ》は北より吹きてはや寒しシナイの山に陽《ひ》は照りながら

アデンから紅海に入る時の作品であるが、寅彦と全く同じ光景を歌っていることに驚く。アデン湾を望む山々に一点の緑もないこと、その山々が鋭く切り立っていること、アフリカ側の夕陽が美しいことと、靄が立っていること等、まるで寅彦の随筆をそのまま短歌に翻訳したような印象さえする。茂吉が寅彦の随筆を読んでいた可能性はある。実は寅彦の随筆「旅日記から」の初出は「渋柿」という雑誌であり、何回かに分けて掲載されている。「渋柿」という雑誌は寅彦の

友人の松根東洋城《まつねとうようじょう》の主宰する俳句雑誌であるが、「アラビア海から紅海へ」は大正九年十月の発表であり、「紅海から運河へ」は同年十一月の発表である。一方、茂吉が洋行の旅に出たのは前述のように大正十年十月のことであるから、茂吉が一年前の「渋柿」に掲載された寅彦の文章を[illegible]読んでいて、その印象が茂吉の記憶のどこかに残っていた可能性は否定できない。

しかし考えてみると、このように未知の地への旅に出て、今まで見たことのない光景を歌うのに他人の感動を借用するということがあろうか。ましてや茂吉は歌人である。茂吉が「渋柿」を読んでいたか否かに関わりなく、やはりこの二人は[illegible]料に同じ光景に感動し、同じ事をかたや随筆、かたや短歌に記録しなければならないという衝迫に襲われたのは当然であろう。それまで殆ど日本人に知られることのなかったアラビアの光景、一点の緑もない荒涼として荒々しい岩山、そこに神々しく沈んでゆく静かな夕陽、人が近付くことを拒否するようなそれらの崇厳な光景に、四季に富み、緑豊かな極東から来た二人の知識人は全く同じ様に深い感動に襲われ、同じように記録にとどめなければならないという義務感に支配されたと想像することは難しくない。

＊

寅彦がエジプトに上陸することなしに、そのまま地中海に抜けたのに対し、茂吉はエジプトに上陸し、その足跡を印した。

大きなる砂漠のうへに軍隊《ぐんたい》のテントならびて飛行機飛べり
列《れつ》なしてゆく駱駝《らくだ》等のおこなひをエヂプトに来て見らくし好しも
モハメッドの僧侶ひとりが路上《ろじやう》にてただに太陽《たいやう》の礼拝《れいはい》をする
たかり来る蠅あやしまむ暇《いとま》なく小さき町に汽車を乗換ふ
ピラミッドの内部《ないぶ》に入りて外光《ぐわいくわう》をのぞきて見たりかはるがはるに
はるかなる国にしありき埃及《エヂプト》のニルの大河《おほかは》けふぞわたれる

砂漠の上の軍隊は英国軍であろうか。この作品もかの映画「アラビアのロレンス」のシーンを思わせる。「モハメッドの僧侶」という表現は現在では適切ではない。先ず、「モハメッド」とか「マホメット」とかいう言い方はヨーロッパでの訛った言い方であり、現代では「ムハンマド」という。また、イスラムは決してムハンマド（又はモハメッド、マホメット）が始めた宗教ではない。「唯一絶対の神」アッラーが使徒ムハンマドをして啓示を下した教えである。従って「マホメット教」というような言い方はしない。また、イスラムにはキリスト教のように神と信者の仲介をする「僧侶」は存在しない。神の前に全ての信者は平等であり、神と信者は直接に交流する。もっとも、イスラムでも俗に「僧侶」という表現で呼ばれる人達がいない訳ではないが、彼等はコーランの解釈に精通していて、集団での祈りのリーダー役である敬虔な信者の一人であるにすぎない。「モハメッドの僧侶」という言い方は現代では恐らく多くのイスラム教徒の反感を買うであろう。また、イスラム教徒は太陽に礼拝したりはしない。礼拝の対象となる物体はない。ただメッカの方角に向かってひたすら自分の心のなかの神に祈るだけである。しかし、仏像、神体といった具体的な対象（イスラム教徒に言わせれば「偶像」）を礼拝する習慣のある日本人には何もないものに礼拝するという発想がないため、メッカの方角に向かってひたすら自分の心のなかの絶対神に祈る一人の敬虔なイスラム教徒の姿を見た茂吉がたまたまその方角にあった太陽に向かって礼拝していると誤解したとしても無理はない。これは決して茂吉の責任ではない。当時の日本の最高の知識人ですらこれ以上の正確な認識は持ち得なかった。それくらいアラビアは日本人にとって遠い存在だった。そして、更に言えば現在でも日本人のアラビア認識はそれほど進歩していないように思える。イスラム教徒の中に茂吉を読んでいる人がいない事を祈るだけである。ピラミッドの中に入ってみたりするところは現在の観光客と変らない。ところで、エジプトという地名に「埃及」という漢字を宛てるのは中国から移入された表現と思うが、どのような理由なのか興味深い。まさに埃が及ぶ国という感じである。尚、「ニル」はナイル川のことであることも付記しておきたい。

＊

二人は当然帰路も同じルートを逆に辿ったはずであるが、寅彦の随筆集にその記録はない。一方、茂吉の方は『遍歴』にその帰路の作品が収められている。大正十三年のことである。

十二月五日、ポートサイド、スエズ運河

緑樹《みどりぎ》に芙蓉のごときくれなゐの花さく国に上陸をする
女《をみな》等は黒き布にて柔かき身をまとひつつあたたかき国

十二月六日

黄に見ゆる砂丘《さきう》おほどかにつづきゐて人のいとなむものの幽《かす》けさ

十二月六日、船は紅海に入る

わたつみの涯にそそりしあらびやの幾重《いくへ》の山《やま》も遠ざかるなり
紅海《こうかい》を船わたり来て山みれば猶太《ゆだや》の国《くに》のいにしへおもほゆ

今回も茂吉はエジプトに上陸したが、往路の時の作品と比較してかなり印象が違う。随分余裕がある感じである。往路の時は初めての「外遊」であり、日本を離れて間もない時である。全ての物が新鮮で率直な驚きがあった。茂吉は何にでも素直に感動し、素直に短歌作品にしていた。しかし、今は三年間の滞欧生活を終えての帰路である。感動はヨーロッパでし尽くしたとでもいうべきであろうか。まして滞欧中にあとを追ってきた妻輝子を伴って懐かしい祖国に向かっているのである。自ずと往路とは違う心境であろう。ユダヤ人の国のことを思っているのも滞欧中に得た知識の成果であろうと想像される。あたかも、茂吉の滞欧中、ドイツにはファシズムが台頭し、ユダヤ人に対する迫害が激しくなっていた。そして、在欧ユダヤ人の間から沸き上がったのが「シオンの地に帰ってユダヤ人の国を建設しよう」とする運動、即ちシオニズムであった。このシオニズムという一つのイデオロギーこそが現在に至る根深いパレスチナ紛争のそもそもの元凶なのだが、これ以上ここで触れる余裕はない。ただ、シオニズム以前は現在のパレスチナの地にイスラム教徒とユダヤ教徒が共存していたことだけは付記しておきたい。茂吉の滞欧中の歌にはしばしばユダヤ人のことが歌われているが、茂吉には、このスエズ運河の直ぐ東側の地帯のパレスチナが古代ユダヤ人の住んでいた地域であったという滞欧中に得た知識としてあったのであろう。因みに、この後茂吉を乗せた「榛名丸」は順調に航海を続け、同年末の十二月三十一日、香港を出港して祖国日本を目の前にした洋上で、彼は「青山脳病院全焼」の無線電報を受け取るのである。

おどろきも悲しみも境過《さかひ》ぎつるか言絶《ことた》えにけり天つ日のまへ

青山脳病院全焼の知らせを受けた日の船上での作品である。

*

前述のように、寅彦と茂吉はアラビアでは全く同じ光景に感動して記録に残している。緑の全くない切り立った岩山、アフリカ大陸に沈む夕陽の美しさ、海や陸を覆ってしまう深い靄、まるで申し合わせたように同じ素材、同じ表現である。しかし、我々は同時にこの両者の違いにも気が付く、随筆と短歌という表現手段の違いだけでなく、その表現姿勢の違いである。寅彦の文章には主観的な要素の間に客観的な観察が混じる。例えば「紅海から運河へ」の中に次のような文章はどうであろうか。

夜ひとりボートデッキへ上がって見たら上弦の月が赤く天心にかかって砂漠のながめは夢のようであった。船橋の探照燈は稀薄な沈黙した靄の中に一道の銀のような光を投げて、船はきわめて静かに進んでいた。つい数日前までは低く見えていた北極星がいつのまにか、もう見上げるように高くなっていた。

まるで学術論文を思わせるような克明な観察の記録である。この意味で寺田寅彦は真の科学者であった。現象を観察し、仮説を組み立て、それを実証してゆく、そのような姿勢に裏打ちされた文章である。その科学的な観察からふっと沸き出てくる人間的な感情、寅彦は科学と人間との間に優しい橋を架けようとした。それは寅彦の随筆に一貫して流れる姿勢である。今日も寅彦の随筆は多くのファンを有しており、特に現代の自然科学者の間で愛読者は多いと聞く。科学の発達は人類に多くの恩恵をもたらしたが、同時に多くの不幸ももたらした。何も核兵器や化学兵器のことだけではない。地球温暖化、環境ホルモン等々、人類が自らの進歩のためと信じて開発してきた様々な科学技術が、実はその「成果」に劣らないだけの深い「災い」を秘めていることが明らかになってきた。現代の良心的な科学者達はこの問題に苦悩している。今でも寅彦の随筆は現代のこれらの良心的科学者の心に一陣の暖かい風を送るのであろう。

一方、茂吉の短歌はどうであろうか。「写生」であるはずの茂吉の短歌は必ずしも科学的、客観的ではない。何もないところに向かって礼拝している姿を「太陽の礼拝」と誤解した滑稽さはさておいても、茂吉が歌っている事は多くの事柄の中から茂吉の主観的な感性によって掴み出された対象だけである。茂吉はもっともっと多くのものを見たはずである。しかし、それらの中から茂吉の心に強く残ったごく少い対象だけが彼にとって全てであった。他の全ては切り捨てられ、結果的には彼にとって無かったに等しかった。対象を過不足なく観察し、その中から真実を抉り出し、人間との間に架橋しようとする寅彦は科学者であったが、観察の一部だけを抽出し、その部分だけを「写生」する姿勢は決して科学ではない。ましてや、「あな美しも」という厳かな主観的断定も。「太陽の礼拝」にしても、仮に寅彦であれば複数の礼拝の姿を観察して、必ずしも太陽に向かって礼拝していないことに気が付いたであろう。そこから彼特有の疑問を発し、礼拝の対象を見極めようとしたであろう。それが科学の姿勢である。しかし、同じく自然科学者であったはずの茂吉は自分が目撃した一人のイスラム教徒の礼拝の姿から太陽を礼拝しているという断定をして「写生」した。自分の断定にいささかの不安も持たなかった。

＊

寺田寅彦と斎藤茂吉は十二年の年月を隔てて同じルートで旅をした。当時の十二年は現在の感覚から言えば二、三年位の変化であろうか。殆ど同じ光景を目にしたと言って言い過ぎではない。そして、全く同じ事柄を書き残した。一方は随筆で、もう一方は短歌で。しかし、その表現手段以上にその姿勢には大きな違いがあった。寅彦は科学的であったし、茂吉は科学的ではなかった。ただ、念の為に言っておけば、これは決して茂吉を貶めることにはならない。短歌という表現手段は必ずしも科学的であることを要求はしない。むしろ、多面体の任意の一面だけをぐいと鷲掴みにしてその一面にのみ「写生」の光を当てることこそが「アララギ」の手法だったのではないだろうか。これは決して科学の方法ではない。そして、茂吉のその「非科学的」な断定こそ、我々にとって茂吉短歌の底知れぬ魅力なのである。

鹹き水

蛇口より鹹《から》き水垂るこの夏も査察拒否、テロと乱《ろう》がわしきかな　『軌跡』

通算六年ほどアラビアに住みながら歌を作っていた。よく「日本のような四季の区別のきわやかな風土に根ざした詩型である短歌を、四季のないアラビアで作るのは大変だったでしょう」と言われることがあったが、そんな時には「いいえ、アラビアには四季はないですが、三季があります。ホット・ホッター・ホッテストです。」と言って相手をけむに巻いていた。

冬のアラビアは十度台にまで気温が下がるが、夏場のアラビアの暑さは確かに凄まじい。最高気温は五十度近くになる。これがどれ位暑いかというエピソードには枚挙にいとまがないが、レストランのシェフが、日向に駐車していた自動車のボンネットで目玉焼きを焼いている写真が現地の新聞に出ていた。また、最近のプリンターはインクジェット方式が主流のようだが、昔のワープロは感熱紙を使っていた。私はその感熱紙の束を自動車のリヤ・ウインドウの下に置いたまま外に駐車して、昼食をとって車に戻ったら、車内の感熱紙が全て見事に真っ黒になっていた。私が借りて住んでいた家は、水はポンプで屋上のタンクに汲み上げ、そこから屋内の蛇口に落とす仕組みで、お湯は屋内の電気式ボイラーで暖めるタイプであった。洗面所の蛇口は普通の「水用」とボイラーに繋がった「お湯用」とがあった。夏場に「水用」の蛇口を捻ると、直射日光に焙られた屋上のタンクの文字通り火傷しそうな熱湯が出てくる。一方、「お湯用」の蛇口を捻ると、屋内の強力な冷房に冷やされたボイラー（スイッチは切ってある）の中で十分に冷やされた水が出てくる。つまり、「水用」からはお湯が、「お湯用」からは冷水が出てくる。冗談のように聞こえるかも知れないが、これは事実である。プールの水も当然、熱湯状態になるので、高級なプールでは夏場はわざわざ冷却する。

今でも日本でサウナに入ると、一瞬、ああ、この熱風は夏のアラビアだと懐かしく感じてしまうことがある。七月のアラビア、それは巨大なヘアドライヤーの前に立つか、或いはサウナの中にいるような暑さなのである。掲出歌、私が住んでいたバハレーンの水道水（前記のように夏場は殆ど熱湯状態）は、海水を淡水化して作った水と、汲み上げた地下水をブレンドして流していて、一応、飲めるということにはなっていたが、蛇口にこびりついている白い結晶を見ると飲む気はせず、我々は飲用にはスーパーで買うペットボトル入りのミネラルウォーターか、宅配の飲用水を使っていた。日本から持ってきた素麵を作る時は、石油より高い（バハレーンは一応産油国）輸入品のミネラルウォーターをジャブジャブ使って冷やすので、日本人社会で、素麵を食べることは羨望の的でもあった。

その当時、近隣のイラクはサダム・フセイン体制であり、湾岸戦争後の国連制裁下にあった。大量破壊兵器の開発が疑われていて、査察団を派遣しようとする国連と、それを拒否するイラク政府との駆け引きが新聞をにぎわせていた。更にその近くのイスラエルでは連日パレスチナ人のテロにより多くの人々が死傷していた。そんなイラクにもイスラエルにも、私は仕事で度々入った。それから十年近くたった現在、イラク情勢もイスラエル情勢も相変わらず混沌としており、一向に出口が見えてきていない。

アラビア語と短歌

ベイルートとバグダードで

初めてアラブの地を踏んだのは一九七四年だったかと思う。ダマスカスへの二ヶ月の長期出張を命じられたのだが、まず羽田からパンナム一便（世界一周便）に乗り、香港、バンコク、ニューデリー、テヘランを経由して、当時、中東の中心地であったベイルートに降り立った。既にエジプトのナセル大統領は死亡していたが、ベイルートの目抜き通りのハムラ・ストリートには、ナセリズムのスローガンやパレスチナ難民支援を訴える幕が張り巡らされていた。私は街角で聞こえてくるアラビア語のラジオ放送に聞き入った。私には内容を十分に理解するほどのアラビア語能力はなかったが、パレスチナのことを伝えている程度のことは理解できた。内容はともかくとして、私はスピーカーから聞こえてくるアラビア語の豊かな抑揚に魅せられた。もちろん、日本でも私は一応、不熱心なアラビア語学生としてアラビア語を聞いてはいたが、キャンパスや教室で聞く教官のアラビア語、或いはアパートの部屋で聞いていたリンガフォンのエジプト方言アラビア語とは違って、まさにアラビア語の洪水の中で、文字通り耳に雪崩れ込んでくる生のアラビア語の迫力は私を圧倒してしまった。

それから約四半世紀後の一九九〇年代、私は国連による経済制裁下のイラクに何度か入った。タクシーをチャーターして、アンマンを早朝に出発し、片道約千キロを一日かけてひたすら走り続ける。うんざりするような出入国手続きを経て、イラク領内に入り、何もなければ夕方にバグダートに到着する。イラク国内では、テレビやラジオを通じて響いてくるフセイン大統領の演説にうっとりしたり、興奮したりしているイラク人を沢山見た。彼らは演説の内容もさることながら、そのアラビア語の韻律にうっとりしたり、興奮したりしているように見えた。最初のベイルートでの体験から四半世紀間、私は二度の現地駐在を含めて、ほぼ一貫して中東アラブ世界と付き合ってきたが、ベイルートで聞いたあの最初の地元（？）のアラビア語との衝撃的邂逅を改めて思い出した。

言語の韻律性

アラビア語はなぜあのように人々を興奮させ、魅了するのであろうか。のっけから私なりの結論を言えば、それはアラビア語の持つ独特の韻律性によるのだと思う。詩歌の用語で「韻」という言葉がある。漢詩では各句（行）の最後を同じ音又は類似した音で揃える決まりがある。これを「押韻」「脚韻」「韻を踏む」などと表現する。例えば有名な乃木希典の「金州城下作」の最初はつぎの通りである。

山川草木転荒涼　十里風腥新戦場　征馬不前人不語　金州城外立斜陽

ここでは一行目の最後の「涼」(りょう)、二行目の最後の「場」(じょう)、四行目の最後の「陽」(よう)が韻を踏んでいる。ヨーロッパの詩でも韻を踏むということは一般的に行われている。

That father perished at the stale
For tenets he would not forsake;
And for the same his lineal race
In darkness found a dwelling place;

バイロンの詩『シロンの囚人』の一節である。一行目の末尾の"stale"と二行目末尾の"forsake"が、また三行目末尾の"race"と四行目末尾の"place"がそれぞれ韻を踏んでいることが判る。

東西の詩歌でなぜ韻を踏むかということは、学問的には何か説明されるのだろうが、ここでは取りあえず、聞いていて生理的に心地よいからということは指摘しておきたい。ただ、アラビア語の韻律性は上記のような漢詩や英詩の押韻とはかなり違う。漢詩や英詩の押韻が詩歌を作る上での一つのレトリックであり、あくまで詩人がそうすることが詩的効果を上げているという意思に基く修辞であるが、アラビア語は語の法則それ自体が既に押韻性を宿しているのである。例えば

سَيِّدَةٌ شَهِيرَةٌ سَيِّدَتَانِ شَهِيرَتَانِ

（一人の有名な女性）

（二人の有名な女性）

アラビア語の名詞は普通、双数になると語尾がaaniと変化する（三つ以上の複数はまた別の語尾変化を起こす）。この場合、単数の「女性」"sayydatun"が双数になると"sayyidataani"にな

るが、それに伴われている「有名な」という意味の形容詞もつられて“shahiiratun”（単数）が“shahiirataani”（双数）と同じ語尾変化を起こす。アラビア文字の形を見れば更にその特徴が視覚的に確認できると思う。このようにアラビア語は文法それ自体が巧まずして既に押韻的特長を有しているといえよう。このために、アラビア語は常に聴覚的に韻を踏んで聞こえ、そのために内容が通常の散文であっても、聞いているものには「詩」として聞こえるということであろう。サダム・フセインだけではない。アラブの指導者達は常にアラビア語のその特徴を十二分に利用し、彼らの演説は常に民衆を高揚させていた。

短歌の韻律性

日本語の詩歌の場合を考えてみたい。ヨーロッパや中国の詩では押韻は極めて一般的、というよりも一つのルールであるが、日本語の詩の場合、押韻は必ずしも一般的とは言えない。近代詩では漢詩や英詩を意識して修辞として韻を踏んだ作品もあるが、歴史的にはむしろ、各音節（拍）の長さを揃えることで心地よさを醸し出してきた。その中でも五音と七音の組み合わせが一番心地よいようで、その形式が発達してきた。五七七を反復する旋頭歌、五七を反復して終末を七七とする長歌、五七五七七の短歌などである。漢語による詩、即ち「漢詩」に対して、これらの詩型は総称して日本語による歌、つまり「和歌」と称された。その後、短歌形式を連ねた連歌、その最初（発句）が独立した俳諧、俳句などが生まれたが、全て五音七音の組み合わせである。本来の意味の「短歌」はあくまで「和歌」の一つの形式に過ぎなかったのだが、後に短歌以外の形式が廃れてきたので、「短歌」と「和歌」が混同されるようになった。明治三十年代に入って、正岡子規らが「短歌革新運動」を起こして、近代的自我を表現する詩型として五・七・五・七・七の音韻律を選択し、それまでの「和歌」と区別するために敢えて「短歌」という言葉を使った。その延長線上にある現代の歌人たちは「和歌」という言葉は使わず「短歌」という。正岡子規らの「近代短歌」と区別して「現代短歌」と言う場合もある。近代以降、定型によらない詩、つまり自由律の詩歌、現代詩なども誕生したが、それほど大きな潮流とはならず、現在も相変わらず短歌や俳句が隆盛を誇っているということは、やはり定型が日本語の詩歌にとっての重要な要件であることを物語っていると思う

言葉が韻律性を持つということは考えてみると興味深いものがある。まだ文字を持たない文化の場合、例えば、漢字伝来以前の日本を思い浮かべてみるといいであろう。情報は口承されるしかなかった。その場合、言葉は出来る限り記憶し易い形態を取る。そのためには韻律性を持たせるのが最適であろうことは想像に難くない。日本語の場合、それは五音七音の組み合わせに繋がったと思われる。また文字を獲得した後であっても、文字が支配者や聖職者など一部の占有物に置かれ、現在のように新聞や雑誌のような文字文化が普及していない時代では、情報伝達はやはり耳と口に依存せざるを得なかった。中世ヨーロッパの吟遊詩人を思い起こせばいいであろう。言葉を詩として覚え易くするために中国語や英語では「韻」を用い、日本語では音の長さをそろ

えるという定型を選択したというのが私の仮説である。

アラビア語と短歌

大学のアラビア語科を卒業したということで（実際には、大学紛争の最盛期で、学園は一年近くも封鎖されており、落ち着いて勉強どころではなかった。授業が再開されてからも大学よりはもっぱら映画館に通っていた）、商社に入社して、その会社生活のほとんどを中東関係の仕事に従事してきた。やがて、私は現代短歌なるものに触れた。その世界は、私がそれまで知っていた和歌の世界とも、教科書にあった北原白秋や斎藤茂吉といった近代短歌の世界とも違っていた。どのように違うかは、幾ら紙幅を費やしてもうまく説明できないと思うが、一つの喩えを言えば、美空ひばりや春日八郎の歌が音楽だと思っていた田舎の中学生がある日突然ビートルズに触れた時のような衝撃と言っていいだろうか。

そのような経緯で私は十代後半から中東アラブ世界と、三十代に入って短歌の実作とそれぞれ深く関わるようになって現在に至っている。この二つには一見つながりはないと思う。事実、いろんな人から「あなたはなぜ中東アラブ世界と短歌の世界の両方に身を置いているのですか？その間に矛盾はないのですか？」といった質問を受けてきた。都度何らかの回答はしてきたと思うが、確たる回答は自分自身でも分からない。強いて言えば、アラビア語も短歌もその定型性に美しさがあり、私はその美しさに魅せられたとでもいうべきだろうか。アラビア語と短歌、その二つに共通するものは定型の美しさだと思う。アラビア語の発音は豊かな抑揚を持ち、数・性などにもとづく単語の活用それ自体が韻を踏むという特質も持つために、アラビア語による演説はそれ自体が見事な一篇の長詩となる。一方、日本語による定型詩である短歌も、五音と七音を組み合わせた定型故の美しさを持つ。それは口頭に乗せて朗読する時に、五音又は七音という一定の音の長さに組み合わせ日本人の心に生理的に訴えてくるものがある。

中東アラブ社会で見聞したこと、思った事などを沢山短歌にしてきた。私の内部ではそれは何も特別なことではなくて、ごく自然に私の中で共存してきた。中東アラブ社会は、ある意味で私の日常だった。伝統的写実派歌人が野に咲く花や風を歌うように、近代生活派歌人が、生活や労働の苦労や喜びを歌うように、私は砂漠の風を、ナツメヤシを、スークで水煙草を喫う老人を歌ってきた。しかし、それらは多分、それまでの歌人が全くといっていいほど歌ってこなかった素材だったのであろう。私の歌集はその素材の特異性で云々されることが多かったようで、そのことに私は、正直いくばくかの戸惑いも感じた。しかし、もはや、アラブと短歌という異質の二つのどちらかが欠けても私ではないようになってしまった。

私のアラビア語の師であった牧野信也先生の更に師に当る井筒俊彦先生の名著『イスラーム生誕』の中に次のような文章がある。

ジャーヒリーヤ時代のアラビアで「タジュニューン」（憑き物）現象の定型的なものとされ

ていたのは詩歌である。古代のアラビア砂漠で誰もが信じていたところによると、贋ものではない本当の詩人は、ジンから霊感を受けて詩を作る。詩人はジンに憑かれた人。また、ジンとのこういう親密な交渉のゆえに、詩人は常人の認識の限界を越えた、存在の不可視の次元についての事情に通じた人として一般の人々の尊敬を受けていた。「詩人」を意味するアラビア語「シャーイル」は文法的にいわゆる能動的現在分詞形で、その源にある動詞は「シャアラ」、「知る」、「知識をもつ」という意味である。従って「詩人シャーイル」とは知者、特に常人の知り得ぬ不可視界を直接に知り、その事情に精通した人を意味する。

（筆者注：「ジャーヒリーヤ」とは普通「無明時代」と訳され、イスラム以前の文化・時代全般を意味する。「ジン」はアッラーにより人間の前に火から作られた種族で、沙漠に住んでいて人間に憑り付いたり、悪さをしたりする。）

私もなんとかして短歌の「シャーイル」になりたいと思う。最後に私のこれまでの五冊の歌集の中から本稿のテーマに関係ありそうな作品を何首か引用して締めくくりとしたい。

ハンドルの半ばを砂に埋めたる自転車があり肋のごとくに
アラビストはた商社マンはた歌人《うたびと》問われて黙すサルビアの傍《そば》
すっぽりと歌またアラブの四十代　坂越えて見ゆるなにもなけれど

深夜なお走れば砂漠は照らされて故郷のかの雪原に似る
喧騒の中かすかなる鍛冶音の混じりておりぬ昼のスークは
第三語根弱動詞なるアラビア語文法用語も遥けくなりぬ
アラビアの春空深く跳ね上がる熱き薬莢の一つを思う

国境の町

その時の出張は、日本からバリ経由でヨルダンの都市アンマンに入り、そこから更に陸路で隣国シリアのダマスカスへ向かうことになっていた。アンマンでの仕事を終えて、チャーターしたタクシーでアンマンを出たのは午後一時頃。順調に行けば夕方にはダマスカスのホテルにチェックインできるはずだ。今晩はダマスカスでおいしいイタリア料理でも食べようと思う。3時頃にタクシーは国境に到着した。ヨルダン側の出国手続き、通関手続きはスムースだった。緩衝地帯を過ぎて沙漠の中にぽつんと建っているシリア側の入国審査事務所に着く。古ぼけた木造の、ペンキがかなり剝げ落ちている小さな木造の建物である。入ってみるとカウンターが三つあって、それぞれアラビア語で「シリア人」「その他のアラブ人」「その他外国人」と表示してある。私は「その他外国人」のカウンターでパスポートを差し出した。カウンターの中で係官が大きな台帳に、ボールペンでゆっくり内容を転記している。コンピューターなどは使っていない。転記し終わると係官はカウンターの下の引出しを開けて、何やらカードをぱらぱらめくっている。すると、その係官は私に向かって、しばらくそこで待っているようにと言う。嫌な予感がしたが、取り敢えず、カウンター近くのコンクリートの床に置いてある、これまた古ぼけて、表の安っぽいビニールが破れ、スプリングなどがはみ出しているソファーに座る。見ていると、ぱらぱらと外国人がやってくる。国連のパスポートを持った白人が来る。イスラエルが占領しているゴラン高原の国連監視団の関係者だろう。東欧系の人が来る。聞いていると、文房具を売り込みに来た商人らしい。なんのためかギリシャ正教の司祭の服装をした人までやって来る。見ていて飽きないが、一向に私が呼ばれる気配がない。私はたまりかねて、またカウンターへ行った。「私は東京にある貴国大使館より正規の入国ビザを取得しているではないか。何故に入国が許可されないのか」とやや気色ばんで質問した。すると係官はなんと「今、ダマスカスに照会してるからもうしばらく待て」と言う。その一言で私は腹を括った。現在、午後三時。ダマスカスの内務省だか外務省だが知らないが、アラブ世界の役所は大体午後一時で終わってしまう。この時間に責任者がオフィスにいるものか。確認は明日になるだろう。やれやれ、この寒々としたソファーの上で夜明かしか。それとも外の砂漠で野宿か。まあ、それもよかろうと覚悟する。

困ったのはアンマンからここまで私を乗せてきてくれた初老のタクシー運転手である。恐らく、アンマンの家族に「日本人のいい客がついたぞ。ひとっ走りダマスカスまで行ってくる。帰りは遅くなるから夜食を作っておいてくれ。」とでも言ってきたに違いない。こんなことになってしまって、私を置いて帰るわけにもいかず、「やれやれ難儀な日本人を乗せてしまったわい。」とでも思っているのであろう。そう言えば、その運転手の姿が見えない。しかし、しばらくすると、彼はどこからともなく現れて、私の耳元に小声で、「六時にダマスカスから返事があるはずだ。」と囁くではないか。

やがて砂漠の地平線に日が落ち始めた。いつの間にかカウンターの中の係官が交替している。入国手続きに入ってくる外国人もほとんどいなくなってしまった。事務所で待っているのは相変わらず私一人である。周囲を夕闇が覆い始め、満天の空には凄まじいばかりの星が瞬き始めた。その時、私はなぜか唐突に昔聞いた東海林太郎の「国境の町」という古い歌を思い出して、小声で歌い始めた。「橇の鈴さえ寂しく響く　雪の曠野よ町の灯よ　一つ山越しゃ他国の星が　凍りつくよな国境《くにざかい》」。

ここは雪こそ降っていないが、事務所の寒々とした白色蛍光灯の光が及ぶ外の砂漠は、まるで雪が積もっているように白く見える。それにしても国境というものはなぜこんなに淋しいのだろう。他国の人がやってくる、また、誰かが他国へ出ていく、そこが国境である。そこでは人間が本能的に持っている、外部の未知のものへの恐怖心と好奇心が交錯している。また、同時にそこは日常と非日常の境界でもある。古代から無数の人々が様々な国境を、ある時は平和な旅人として、またある時は残酷な侵略者として、越えて行ったに違いない。しかも、今私がいるこの国境は、抜けてきた国も異国、入っていく国も異国。どこまでも彷徨い続ける永遠の異邦人としての私が、ふっと路傍の石を拾って見つめているような瞬間が、この国境なのかも知れない。そんな感傷に浸っていた。

　日がすっかり落ちてしまったまさに六時過ぎに、なんとカウンターの中の係官が私を呼ぶではないか。そして最初からまた質問が始まる。先方は正則アラビア語である。私の方はきわめていい加減な口語アラビア語の片言。（以下、そのニュアンスが出ればと思う。）

「汝の姓名は？」

「三井修」

「汝、何を生業とするや？」

「えーと、貿易！」

「何を取り扱いいるや？」

「（一応、総合商社なんだから何でも扱うのだけど、私の拙いアラビア語ではちょっと説明が面倒だな。えーい、適当に答えちゃおう。私が知っている簡単なアラビア語は…）自動車！」

「どこの自動車なるや？」

「（こうなるともう、事実がどうかよりも、私のアラビア語能力で説明できる適当なことを言うしかない）えーと、トヨタ、ニッサン、ホンダ、ミツビシ…」

「わが国の何処を訪れるや？」

「（シリアのような国では、多少はったりを言った方がいいだろう）貴国電力庁長官！（またダマスカスへ照会されたら、「いや、入国してからアポイントを取るつもりだった」と、とぼければいいさ)」

などというやり取りがあって、ようやく入国が認められた。

深夜の九時にダマスカスに着き、翌日、大使館へ行った時にこの話をしたら「ああ、三井さん、それは赤軍派のメンバーと疑われたのですよ。ほら、なんとかオサムというメンバーがいたでしょう。」とこともなげに言われた。

塗り潰されたポスター

大学入学以来三十年以上にわたり、何らかの形で中東アラブ世界と関わってきた。中東は、その周辺のキプロスやエチオピアも含めて、隅から隅まで歩き回った。パレスチナ自治区(「国家」に準じる)も行ったので、国家単位では中東の全地域に足を踏み入れたことになる。その間、イスラエルやイラクに関することなど、まだ差し障りがあって、詳しいことを書けないこともあるが、沢山の得難い経験をさせていただいた。また、中東の国際政治情勢についても、この三十年間、様々なことを見続けてきたが、中でも一番忘れ難いのは何と言ってもイラン革命である。石油の富を独占し、イスラムの伝統を無視した「白色革命」を強行してきて、中東一の安定政権と言われていたシャー(皇帝)の体制であったが、イスラム勢力、自由主義勢力、バザール商人、共産党など広範囲な勢力が「反シャー」の一点で結集して、あっという間に帝政を崩壊させた。その直後から「反シャー」勢力の間で、文字通り血で血を洗うような凄まじい覇権闘争があり、イラン革命後の国内安定化の過程で約一万二千人の人命が失われたと言う。結局、イスラム勢力が他勢力を駆逐して、現在に至るまでのイスラム支配体制が確立したことは周知の通りである。

その頃、私の会社はテヘラン国際見本市に参加していて、私は担当者として毎年テヘランへ出張していた。ある年の見本市に私の会社は名古屋のあるメーカーの家庭用編み機を出展することになった。嬉しいことに、そのメーカー専属のデモンストレーターが現地で実演してくれるという。やはり、このようなものは実際に操作しているのを見ないと興味が湧かない。東京で事前にお会いしてみると元気な中年の女性である。私は「あのう、ご存知と思いますが、革命後のイランはイスラム教の戒律が厳しくなっていますので、必ず全身を覆うような黒い服を用意して下さい」と頼んだが、彼女はにっこり笑い、自信たっぷりに、「私はこの仕事で世界中を歩いているけれど、そんな国は見たことがないわ」と、いともきっぱりと一蹴されてしまった。まだ若かった私は「いいえ、まあ、そうでしょうが、とにかくあのホメイニという人が滅法変った人でして、そこを何とかご理解を…。」と必死に頼んだ結果、「まあ、解ったわよ。」ということになってひとまずほっとして、現地に向かった。

見本市開幕初日、会場の日本ブースに現れた彼女を見て私は仰天した。何と彼女は水色の派手なスーツを着ていた。銀座を歩いていても皆振り向きそうである。「ああ、あれだけ言ったのに…」と内心思ったが、革命後、娯楽らしいものが無くなったテヘラン市民にとって、この派手な派手なスーツの日本女性が、シャーシャーと家庭用編み機を手際良く実演して見せるコーナーはなかなかの人気で、人だかりがしていた。集まっている女性たちは勿論、黒い衣装で全身を包んでいる。案の定、そこへ若い男が二、三人すっ飛んできた。「我々は革命防衛隊の者である。いまや我が国はイスラムの伝統を文化とする国であり、そのような反イスラム的な服装は許されない。」とまくし立てる。驚いたのは、当のデモンストレーターである。ようやく、私の事前の必死の願いの意味を理解したらしい。とにかく、その日の実演はそこで中止せざるを得なかった。彼女は「一応、黒い服は持ってきたわよ」と言うので、「はい、明日はそれでお願いします」ということになった。

翌日、会場に現れた彼女の姿を見て、私はまた肩を落とした。なるほど、黒い服だが、半袖で、スカートも足全部を覆うほどではない。当然、またもや革命委員会のお兄さん方はやってきた。「女性は人前で肌を見せてはいけない。腕や足首を隠さなければならない」とのたまう。見本市二日目は実演の「じ」の字もしないうちに、彼女にまたお引取りいただいた。彼女もしょげている。そのまま私の会社の現地事務所で働いているイラン人女性にバザールへ連れて行ってもらい、全身を覆う真っ黒なチャドルを新調していただいた。彼女は、恨めしそうに「この代金は、三井さんの会社に請求しますからね」と言うが、私としては内心「だから、あれほどしつこく申し上げたじゃありませんか。それを本気に取り合わなかったのはあなたでしょう…」と呟くしかなかった。

すったもんだの挙句、ようやく三日目からは実演も問題なく行われるようになり、私は商談の進捗を期待した。革命防衛隊のお兄さん達も、今度は彼女の服装には満足そうであったが、またしても別の問題が発生した。彼らの一人が、ブースに展示してあるポスターとカタログに目をつけたのである。それは別の出品物のエンジン付家庭用草刈機であった。日本でも土手などでよく見かける、あのエンジン部分を肩にしょって、長い棒の先についたカッターで草を薙ぎ取るように刈る、あれである。その機種は軽量がセールスポイントで、我々のブースには、にこやかな金髪の若い外人女性がTシャツ、ショートパンツ姿で軽々と操作している写真のポスターが貼ってあって、同じ写真のカタログが大量に用意してあった。革命防衛隊員はこれにも強硬な抗議を行った。結局、私は黒いマジックで、写真の金髪女性をまるでチャドルを着ているかのように全身と前髪部分を丹念に塗り潰し、「こんなところでどうでしょうか」と聞くと、くだんの革命防衛隊員は「まあ、よかろう」と鷹揚に頷いて一件落着した。更に、その夜は殆ど徹夜で数百枚のカタログも同様に一枚一枚マジックで塗り潰した。数日後、日本ブースを見学に来たテヘラン日本人学校の女児たちも全員けなげにチャドルで全身を包んでいた。

あれから約二十年、イランの体制は基本的に変わっていない。ただ、改革派のハタミ政権になってからイスラム体制の枠内での自由化が進み、チャドルを着用しなければならないことは変らないが、黒ばかりでなく、グレーのものを着用している女性もいるようだ。しかし、現在のイランでハタミ政権の自由化を苦々しく思う保守勢力との間の熾烈な権力闘争が伝えられている。七世紀のムハンマドの時代の原始イスラム共同体の思想を二十世紀に再現しようとした、あのイラン革命はこれからどうなるのであろうか。イラン革命と並んで人類史上の壮大な実験と言われたロシア革命は七十年で崩壊した。イスラム革命からまだ二十年である。

イスラム雑感

昨年末、国連経済制裁が続いているイラクへ久し振りに行ってきた。民間の航空機が飛んでいないので、隣国のヨルダンでタクシーを二台チャーターして、片道千キロを一日で走り抜けるのである。二台というのは途中で何があるのか判らないので、一台は空のままあとからついてこさせる。事故や追いはぎに遭遇した場合、すぐに連絡に走るためである。冷え込みが厳しくまだ夜明け前で真っ暗のアンマンを出発し、小一時間走ると砂漠の真ん中でそれはそれは荘厳な夜明けを迎える。長距離トラックの運転手がトラックを止めて砂の上に小さな絨毯を敷いて一人祈っているのを見た。

バグダットで四日間滞在した。本当は地方へ行かないと仕事にならないのだが、地方は米軍機とイラク対空砲火施設との少規模交戦が日常化しており、日本政府の「退避勧告」が出たままになっているので今回は断念せざるを得なかった。バグダット滞在最後の夜に「ラマダン（断食月）」に入った。ラマダン入りの合図は大きな大砲の音である、ホテルの外国人客の中には、すわ米軍の攻撃が始まったとあわてふためいている人がいた。イスラム国の大半がこの日にラマダンに入った。「大半が」というのは、ラマダンはイスラム暦の第九月であるが、イスラム暦は新月から新月を一か月とする大陰暦で、しかるべき人や機関が新月を肉眼で視認して「ラマダン開始の宣言」してラマダンが始まる。例えば、バハレーンでは毎年この時になると法務省の中に「ムーン・オブザベーション・コミッティー（「月観察委員会」？）というのが設置されて、新月の確認を行う。たまたまその日が曇っていたりして、新月を確認できず、「ラマダン開始」がずれるというのは別に珍しいことではない。ラマダン期間中、イスラム教徒は日の出から日没まで一切の飲食、喫煙を絶つのであるから、かなりきついと思う。外国人も含めて公共の場では一切の飲食、喫煙が禁じられる。勿論、町の飲食店は日中は全部閉まってしまう。これは唯一絶対にして全知全能の御神アッラーが預言者ムハンマド（英語では訛って「マホメット」）を通じて人間に示した啓示を集大成した「コーラン」に規定されているが、「コーラン」には周到に断食を行わなくていい例外規定も設けられている。それは、戦争中の兵士、旅人、妊産婦である。因みにムハンマドのことをよく「予言者」と称されるが、この表記は誤りである。彼は未来のことを予言する人ではなくて、神の言葉を預かった人であるから、預金の「預」の字を使い「預言者」と表記しなければならない。

さて、イラクからの帰路であるが、当然街道沿いの茶店（レストランというよりも「茶店」という言葉が相応しい）は全部閉まっている。やれやれ我々も断食かと諦めていたら、昼過ぎに運転手は一軒の閉まっている茶店の二階へ連れていってくれた。そこではカーテンを巡らせて外から見えないようにして簡単な食事を提供しているではないか。運転手は「我々は旅人だからいいのだ」としゃあしゃあとしてパンを齧っているので、私もそれに倣ったことは言うまでもない。

バグダットの商店では結構イラク人の若い女性の店員を見かけた。一口にイスラム国といっても国によって事情はかなり違うが、女性の社会的進出は概ね遅れていると言っていいであろう。その中でイラクは比較的女性の社会的進出が進んでいる国である。尚、イスラム教徒は四人まで妻帯するという制度がよく非イスラム教徒から好奇的に見られているが、これは歴史的に見ると根拠のあることなのである。七世紀のアラビアの地にムハンマドが登場して、イスラム（アッラーへの帰依）を説き始める前のアラブ社会は社会的腐敗と偶像崇拝に満ちて、一部の富裕者は多くの妻妾を抱え、貧しい男性は一生結婚できないような不公平な社会だった。正義と公平を叫んで新しい教えを説き始めたムハンマドは、一夫多妻の制度も糾弾したが、同時に初期イスラム共同体は、それを弾圧しようとする既存体制との戦い（「聖戦」＝ジハード）を強いられた。当然、戦死者が多く出るため、共同体は内部に多くの寡婦を抱え込むこととなり、彼女らの社会的経済的救済が大きな課題となった。そこでムハンマドは、一夫多妻は道徳的に非難されるべきであるという理念と、イスラム共同体内部に増大した寡婦の救済という現実的課題の妥協の策として、四人まで妻帯可という制度を作ったと理解されている。恐らく、その当時のイスラム共同体内部の男女比が四対一であったのであろう。もちろん、これもアッラーの啓示という形で信者に示されたものである。しかし、アッラー（ムハンマド？）は現実的な妥協をしつつも、一つ歯止めを忘れなかった。コーランには「もし四人を平等に愛せないのなら、妻は一人に越したことはない」と書いてある。

先の断食の例外規定といい、四人妻制度といい、このような合理性・弾力性が現在もイスラムを活性化させている要素なのかも知れない。イスラムでは女性は男性から庇護されるべきもので社会的に活躍するものではないと考えられている。しかし、この教えは現代という時代には崩れ始めている。現在、サウジアラビアでは女性に自動車の運転を認めるべきか、クウェイトでは女性の参政権を認めるべきかということが議論されている。しかし、イスラムの女性の今後を決めるものは男性の考えではなくて、彼女たち自身の意識であろうと思う。因みに、バハレーンの私の事務所には日本人、インド人、バハレーン人の男性十五人に対し女性はインド系バハレーン人（父親がインド人、母親がバハレーン人）のヒンディただ一人である。

歌人論

田中栄さんのこと

田中栄さんが亡くなってからもう五年になる。「塔」会員の既に何割かが田中栄を知らないのだろう。約二十年前、私が「塔」に入会した時は、自分で選者を選んで直接原稿を送付することになっていた。その時、私は田中さんを選者として選択した。田中さんは歌壇的にはあまり名前を知られていた人ではなかったので、なぜ私が田中さんを自分の選者として選んだのか、正直なところ自分でも判らない。恐らく、田中さんご自身の作品や、田中選歌欄の傾向から判断したのだろう。毎月直接田中さんのご自宅へ作品を郵送した。私のアドレス帳にはまだその住所が残っている。大阪府泉南郡岬町多奈川谷川…。後日、田中さんに「随分長い住所なのですね」と申し上げたら、「合併があったので」と笑っておられた。

田中さんの経歴については、没後に刊行された歌集『海峡の光』の巻末などに詳しいので、そちらの方を参照していただきたいのだが、私が田中さんの経歴でずっと気になっている一点がある。「昭和二十九年所属していた「関西アララギ」の分裂に際して、大村（呉楼―三井注）選歌欄から唯一人「塔」に参加した」（第一歌集『岬』あとがき）ことである。詳しい経緯は知らないが、とにかく田中さんが極めて苦しい立場に置かれたことは想像に難くない。田中さんは対人関係よりも自分の文学的理念を貫いた。また、私は『岬』あとがきに書かれている高安国世の言葉も深く心に沁みる。まだ「塔」創刊前の高安は田中さんに対して「君の歌は注意して見ている。歌風にへんな癖があるが、それが個性にまでなればよい。」と言ったという。そしてそれが三年後、高安が「塔」を創刊した時、田中さんが周囲の非難を押し切って、「塔」創刊に参加する理由だったようだ。この事実から私は、高安国世の慧眼と共に、田中さんの文学に対する純真な姿勢と、誠実な人柄を改めて思わざるを得ない。

田中さんには幾つかの合同歌集の他に、単独歌集が四冊ある。今、私の手元には第二歌集『水明』を除いた三冊があるので、そこから作品を引いてみたい。

製鉄所の煙に病みて落つる鳥かゆうべ渚に波が曳きゆく　『岬』

田中さんの抒情と心の優しさを如実に現す一首だと思う。このような作品を見ると、田中さんが紛れもなく生粋の「アララギ」育ちであったことを痛感する。

人の世に汚るる心思うとき今一度きびしきみ声ききたし　『冬の道』

最後まで少年のような純真な心の持ち主だった田中さんにとって、生活のために働くということは辛いこともあったに違いない。高安国世は生きている時はもちろん、死後も田中さんの支えであった。

世間知れとわれを戒むる弟と白桃を食うしずく垂らして　『海峡の光』

読む度に涙が滲んでくる作品である。

「その時七十歳」

塔終刊決意を先生にききたりきその時七十歳《ななじゅう》病めるベッドに
田中　栄「塔」平成十四年二月号

平成十七年三月二十二日、「塔」創刊以来の会員であり、名誉会員でもあった田中栄が肺炎のため亡くなり、「塔」ではその年の十月号で「追悼・田中栄」という特集を組んで深くその死を悼んだ。ここで歌われている「先生」とは高安国世である。「塔」の略年譜によれば「一九八四年一月高安国世病気のため田中栄が選歌を代行」とある。その時、高安は七十歳、田中は六十一歳。そして、その年の六月、高安は亡くなっている。田中がその事を回想して掲出の作品を作ったのが七十八歳の時である。

高安は自身の健康の不調のために、この時一旦は「塔」終刊を決意し、その決意を病床から「塔」創刊以来の同行者であった田中に打ち明けたのだ。結局は、しばらく田中が選歌を代行して、やがて編集体制を立て直して「塔」の発行は継続されることになる。高安が「関西アララギ」から独立して「塔」を創刊したとき、田中は高安選歌欄でないにも拘らず、「塔」に参加し、その事で後に田中に対する中傷などもあったらしい。しかし、高安は選歌を託すほど田中を信頼し、田中もそれに応えた。

それから二十年近く経ったこの時に、田中をしてこの作品を作らしめた心境は何だったのだろうかと思う。作品自体は極めて淡々と、むしろぶっきらぼうなくらいに事実のみを語っている。しかし、敢えて「その時七十歳《ななじゅう》」と言っているのは年齢を強く意識していたために違いない。現在では七十歳は長寿とは言い難いであろうが、昔風に言えば「古希」である。高安も田中も若い頃から決して健康ではなかった。共に病弱であったが、高安は七十歳で亡くなり、田中は更にその時点で八年も生き延び、「塔」の飛躍を確認していた。そのことを思って田中の心の中には深い感慨があったに違いない。

田中は多くの会員から慕われていた。私自身も「塔」入会時に田中選歌欄を選択し、その選歌を全面的に信頼していた。大会や編集会議で会う田中はいつも大きな体で穏やかな眼差しだった。しかし、田中が多くの会員から慕われていたのは何も結社運営への功績や、その人柄からだけではない。その作品も平明さとある種の屈折を兼ね備え、多くの会員に深い印象を与えた。前述の「塔」の田中追悼号の座談会の中で、吉川宏志が「歌壇的にもうちょっと知られてもよかったような気がする」と発言しているが、その通りだと思う。

永田和宏の母の歌

はじめに

永田和宏が「NHK短歌」に連載して、最近一冊に纏められた『人生の節目に詠んでほしい短歌』（NHK出版）の中で、永田は自作を挙げて自ら解説している。少し長いがそのまま引用してみる。

母を知らぬわれに母無き五十年湖《うみ》に降る雪ふりながら消ゆ　『百万遍界隈』

私が母を結核で亡くしたのは、昭和二六（一九五一）年のことでした。私は三歳。母の面立ちなどの記憶はまったくありません。葬儀の朝の記憶が、たぶん私のもっとも古い、はっきりした記憶だと思います。「人の眼を盗みてわれを抱きしことありやコスモス乱れてひぐれ」（『無限軌道』）という歌を作ったこともありましたが、もちろんこれはそうあってほしいという単なる願望。実際には、病気が見つかって以来、母とは隔離されて、山寺のお婆さんに預けられました。母に抱かれた記憶をもたないということは、いつもどこかに自らの基底への不安に似た感情をもたざるを得ないものです。

私は永田の母の歌がずっと気になっていたが、それを書くことに関しては少なからぬ躊躇いがあった。しかし、このように永田自身がそのことに触れたことで、それを書いても許されるのではないかと思うようになった。そう思い立って、永田の第一歌集『メビウスの地平』から第十二歌集『夏・二〇一〇』までの歌集の全てに当たって、母の歌を書き抜いてみた。「母」という字が使われていても、一般的な「母」だったり、明らかに義母や継母を指すと思われるケースを除き、自らの生母を指している作品は一二冊全ての歌集に確認できた。

更に最近、永田は角川「短歌」(二〇一五年六月号)に「二月の紫苑」と題する作品七首を発表している。七首全部を引用してみたい。

肺病と言つてゐたのだあの頃は　肺病病みは離れに住みき
離れの縁に立ちて見てゐしあれが母　いつも見てゐるだけだつた母
死の間際にも母にその子を会はせざりし「家」を憎みき父を恨みき
ひと目だけでもと言つた気がする言つてゐて欲しいではないかわが母ならば

どんな言葉にわれを託して死にしならむ父は最期を語らざりにき
美しき文章なりき泣き虫の小中英之泣きて聞きしが
私の母の記憶を小中英之が「二月の紫苑」という美しいエッセイに書いてくれた
闇でしか手に入らなかつたストマイは父の手により母に打たれし
永田の母の死の経緯の説明はこれだけで十分であろう。

一・母を知らぬ「われ」

母を知らぬわれにあるとう致命的欠陥を君はあげつらうばかり
わが知らぬ母に繋がる亡骸《なきがら》をアルコール綿《めん》もて夜半清めゆく
母を知らぬわれが母とし思いきて黒が似合えり黒を好めり
わが知らぬわが母、娘の知らぬ祖母、雪の饗庭に子を伴いぬ
母を知らぬわれに母無き五十年湖《うみ》に降る雪ふりながら消ゆ

『荒神』

受診票
名前のみとなりたる母の名を書けりわが知らねどもいつまでも母
若き日の母も老いたる母も知らずアキノノゲシがもう長《た》けている
『華氏』
同
同
『百万遍界隈』
『後の日々』
『日和』

永田の母を歌う作品で頻出するのが「わが知らぬ母」「母を知らぬわれ」という捉え方である。永田の母が亡くなったのは彼が三歳の時である。正確に言えば「知らぬ」ではなくて、「覚えていない」であろうが、記憶がないということは実質的には知らないと同じ事である。引用一首目、「致命的欠陥」とは酷い言葉である。家族間でもなかなか言えない言葉である。ただ、「君」は心底そう思っていたのではなく、口論の際に何かの弾みで思わずそう言ってしまったのだろう。或いは、ひょっとしたら「君」は別の言葉で言ったのを、永田がそう受け取っただけなのかも知れない。いずれにせよ、「君」は何らかの形で永田が母の愛を知らないで育ったことに言及した。相手との感情の擦れ違いを母親の愛の有無のせいにするのは、言いがかりと言えば言いがかりである。しかし、永田は敢えて反論したりはしなかったと思う。「致命的欠陥」か否かは別として、母の愛を知らず育ったという認識は他ならぬ永田自身が強く意識していることであろう。なればこそ、前述のように「母を知らぬわれ」が頻出することとなる。

尚、永田と同じように幼少期に母を失った歌人として馬場あき子がいるが、馬場は母を次のように歌っている。

亡き母はなほもわが身に生きたまひ寒のきはみの水恋ひたまふ　　『ゆふがほの家』

永田が「わが知らぬ母」と歌っているのに対して、馬場は「わが身に生きたまひ」と歌っている。

馬場の心の中の母は「寒のきはみの水」を恋うなど、現実の人の様に生きているのである。この対比は興味深い。永田の母が亡くなって消えてしまったのに対して、馬場の母は亡くなった後もなお心の中で生き続けているのである。男女の違いということなのだろうか、それとも個人の資質の問題なのであろうか。

二．死にゆく「母」

カラスなぜ鳴くやゆうぐれ裏庭に母が血を吐く血は土に沁む　『無限軌道』
父の手が取りし白布の下白き闇ほっかりと口開きいし　同
いくばくの雪もろともに降ろさるるいたく静かな底までの距離　同
単線の鉄路に待ちしわすれ草　さがしてよ誰か、母を売る人　同

前衛短歌の影響が強かった永田の初期歌集では、基本的に私生活をストレートに歌うことは少なかった。母の歌も第一歌集に三首、第二歌集に二首が認められるに過ぎない。しかし、前衛短歌の影響から脱したと思われる第三歌集『無限軌道』では、冒頭に「饗庭抄」という小題で母の歌を一挙に三十首置いて、母の死の際のことを歌っている。しかし、繰り返し言うように、母が亡くなったのは永田が三歳の時である。母の記憶は全くない。かろうじてその葬儀の朝の記憶がかすかにあるだけである。しかし、永田は母の死の際のことを、まるで短編映画のように細部ま

で詳細に描写しながら秩序立ったストーリーとして展開している。後日に父や叔母たちから聞いた話をベースに自分の想像力で補ったのであろう。

引用一首目、カラスが鳴いている夕方の縁側にまだうら若い女性が膝をつきながら喀血している。吐き出された血液がたちまち土に滲んで、その部分の土が黒ずんでいく。まさに映像的な、少し出来過ぎた光景である。二首目、白布の下の白い口、それは否応もない死への入口を暗示するようだ。三首目、当時の近江は土葬だったのだろうか、これも欧米の映画の一シーンを見るようだ。四首目、寺山修司の影響を指摘することはできるかも知れないが、「わすれ草」という植物の名が暗示的である。

ここでは永田がかすかにしか覚えていないであろう状況を、ディテールまで極めて鮮明に表現していることに注意したい。映画によくある手法のように、成人した永田が過去にタイムスリップして、二十数年前の自分の傍で、幼年の自分をじっと見つめているようだ。ただ、成人した永田と幼年の永田は会話を交わしていない。永田が一方的に幼い自分を見つめているだけである。ここで二人が会話をすれば単なるSF映画だが、このような構図にすることによって、幼くして母を喪う淋しさ、悲しさの文学として美しく昇華することになった。

三．近親者を通しての「母」

わが知らぬ母に繋がる亡骸《なきがら》をアルコール綿《めん》もて夜半清めゆく　　『華氏』

母につながる最後のひとりもうわれを見分けぬ伯父と短く逢いぬ　『荒神』
母を知るはもはや父のみしかれども若き日の母を語ることなし　『百万遍界隈』
母につながる最後のひとり逝きたりきかの夜と同じ人ら集い来《く》　同
いっさいの母の写真を焼きし日が父にはあった　われは知らねど　『日和』

現実の母を知らないということは、母に繋がる誰かを通して母を思うということでもある。一首目、伯母の死を歌っている。母の姉であろう。その亡骸をアルコール綿で清めつつ、永田は自分の母の亡骸を清めている気持ちになっているのかも知れない。二首目、四首目は上句が同じであるが、伯父、即ち母の兄である。同じ人であろう。『荒神』の時には病気であったが、『百万遍界隈』の時に亡くなったようだ。永田はこの伯父を常に「母につながる最後のひとり」として認識していた。このことの意味は大きいと思う。自分以外で母と直接血が繋がっている最後の人が伯父だったのである。伯父が生きている限り伯父を通じてどこかで母にも繋がっている気がする。しかし、「母につながる最後のひとり」である伯父が亡くなってしまえば、そこで自分との繋がりも血縁という意味では完全に断ち切られることになる。

もう一人母をよく知る人がある。父である。三首目、五首目ではその父が歌われている。父は永田に対してあまり母の話はしなかったようだ。それは幼い永田に、或いは思春期の永田に母を思い出させて悲しませないようにという思いやりであっただろうし、再婚した人への配慮もあったであろう。父が母の写真を焼いたのは再婚が決まった時だったのではないだろうか。ただ、伯父や伯母が「母」と血が繋がっているのに対して、「父」は、いかに「母」のことを知っていようとも、「母」とは配偶者であり、血の繋がりはない。伯父や伯母を通して「母」を思うのと、父を通して「母」を思うのとは全く違うのだ。

四・饗庭

滋賀県高島郡饗庭《あいば》村字五十川《いかがわ》にわれは生まれて母は死にたり　『やぐるま』

村ごとに小高き丘を墓地となし雲の影迅し雑草《あらくさ》の上　同

墓原《はかはら》をかなかなの声渡りおり辿《たど》り来て母の墓を探せず　『華氏』

わが知らぬわが母、娘の知らぬ祖母、雪の饗庭に子を伴いぬ　『荒神』

母ふたり同じ墓標に名を記しひとりはわれに記憶なき母　『風位』

母を埋めたる場所を知るのは父のみぞ父を伴うふるさとの墓　『日和』

もう誰も母を埋めたる場所を知らずこの辺だろうとそれぞれに立つ　『後の日々』

饗庭というのは古代に神に食を捧げて祀る場所に由来する言葉であろうと思うが、現代でも姓名や地名として残っている。永田が生まれ、その母が亡くなったのは、現在の地名で言えば、滋賀県高島市新旭町饗庭である。永田の第二歌集『無限軌道』の巻頭の小題は「饗庭抄」であり、第六歌集のタイトルはまさに『饗庭』そのものである。その他の歌集にも「饗庭」という言葉は沢山出て来て、それぞれ母の追憶と深く結びついている。もっとも後年の歌集では、母の亡くなった場所というよりも、母を埋葬した場所として描かれており、父にそのおおよその場所を教えてもらうために、或いは、自分の子供たちに彼らの知らない祖母を偲ばせるために伴う場所として描かれている。父は母の写真を全部焼いてしまい、母の肉親もみな老いて亡くなっていく。永田にとって母を偲ぶ縁《よすが》としてはその墓しかない。しかしその正確な埋葬場所は「この辺」という曖昧さであることが切ない。

五．幻の老い母

母あらばその母をなんと呼ぶだろう四十《しじゅう》歳半ばを過ぎし口髭　『饗庭』
惚けてゆく母を見ることなきわれに日暮れの風が沼嘗めて寄る　『日和』
若き日の母も老いたる母も知らずアキノノゲシがもう長《た》けている　同

永田のように様々な選歌をしていると老いた母を詠む作品に出合うことが多いはずである。そのような時に永田は自分と重ねてみることがあるのだろう。自分の母が生きていれば、丁度この作品に詠まれている「母」と同年代のはずだとか、この作品の「母」と同じように年老いているはずだとか。或いは、この作品の「母」のように母が認知障害になっていたら、自分はどうしているだろうかなどと。作品の質を選別する作業と同時に、そんなことを考えるに違いない。ここに引用した作品にはそのような気持ちが滲んでいる。

かつて結核は「国民病」と言われるほど、一般的な疾患であり、死亡率も高かった。しかし、一九四〇年代に発見された結核の特効薬、ストレプトマイシンが日本では一九五一年に制定された「結核予防法」によって公費負担とされてから、日本で感染者数は劇的に減少した。永田の母が亡くなったのはまさにその一九五一年一月である。「結核予防法」施行直前だった。日本ではストレプトマイシンはまだ闇でしか入手できなかっただろうし、しかも極めて高価だっただろうと思う。「結核予防法」の施行がもう一年早かったら、永田の母は死ななくてもよかったかも知れない。運命の悪戯としかいいようがない。

さいごに

永田和宏のこれまでの十二冊の歌集は長い間の歌業であってみれば、歌集そのもののテーマ性はかなり明確に変化している。ごくごく大雑把に言ってしまえば、初期の前衛短歌の影響が認められる硬質の抒情性、中期の学問と文学の間の葛藤のようなもの、そして最近の歌集に顕著な家族詠と分けられるだろう。そのような変化の中で、どの歌集にも作品数の多寡はあっても、一貫して亡き母を歌っていることに注目したい。現在、実際に年老いた母親を介護している人の中には、この感傷性を指摘する人もいるかも知れない。しかし、描かれているのは母の面影ではない。

そもそも永田には追想すべき母の面影はない。永田が繰り返し歌っているのは、母の面影ではなく、母の愛を知らずして成長した自らの内面である。それが「致命的欠陥」か否かは別として、少なからず永田の内面に影を落として来た。私はそれが永田の作品に深い陰影を与えていると思う。

光の歌人

春日真木子のこれまでの歌集を読み直してみて、『野菜涅槃図』が一つの曲がり角を指し示すものだという印象を持った。一九九七年に出た「現代短歌文庫・春日真木子歌集」（砂子屋書房）はこの『野菜涅槃図』を完本で収め、それ以外の歌集からは抄出になっているので、恐らく作者自身もそのような認識を持っているのかも知れない。この『野菜涅槃図』を中心に春日真木子のこれまでの歌業を探っていきたいと思う。

『野菜涅槃図』再読の印象は光の感覚に溢れた歌集だということである。色彩感覚という印象も持ったが、色彩も広い意味での光波であるので、「光の感覚」と言って差し支えないであろう。もっとも、春日における「光」の重要性についてはこれまでも指摘されてきたことであり、春日自身も「歌壇」平成四年六月号に「キーワード〈ひかり〉」という文章を書いている。屋上屋を重ねることになるかも知れないが、それでもやはり春日短歌における光のイメージは避けて通る訳にはいかない。

はぐれたるわが身にちかく脚おろす運命愛《アモール・ファーティ》ふとき夕虹
たましひは虹の彩なしのぼりゐむ冷ゆる大地にわれは身を置く
虹消えてふたたびひろき空のもとありありとわれのうしなひしもの

『野菜涅槃図』の最初の方にこのような虹の連作が置かれている。一首目、「はぐれたるわが身」とある。何からはぐれたとは表現されていないが、製作時期から判断して、共に築いてきた半生から夫が一人逸れていくことと理解してよかろう。しかし、そのような製作背景が判らなければ鑑賞できない歌ではない。信頼していた拠り所からふと外れてしまった不安に囚われた作者の身に近く虹が立つ。その虹は「運命愛」だという。すなわち、その悲しみは運命であり、かつ愛であるとして、従容としてそれを受け止めていくという作者の姿勢が伺える。ある意味では宗教的悟りにも似た心境と言えよう。二首目、ここでも「たましひ」は虹となって空に上っていき、自分は冷えた大地に取り残されているという。そして三首目では、その虹は消えてしまって、作者は大切なものを失ってしまった喪失感を深く認識している。ドラマチックな演出の連作であるが、この一連の素材は「虹」という光である。

昼まひる光のあそぶ白襖亡きひとの笑み晶《すず》しく揺れて
夕飯《ゆふいひ》の白粥ひかり亡きあとに思へば遊戯《ゆげ》のごときひとこま

あかるくてくらき供華《くうげ》の花明りこよひも花を死とよみたがふ

先に引用した「運命愛」の一連は象徴度の高い作品であるが、それに続くこれらの作品は、光の象徴性が更に明白である。一首目、二首目では「光」は亡き人そのものとして表現されている。白い襖にあそぶ光は亡き人の笑みなのであり、白粥の光もまた亡き人の思い出なのである。三首目では「花」という字を「死」と読み違える場所が光と影が交差する花明りの傍であるということが注目される。こうして見てくると春日における「光」の意味が改めて浮き上がってくる。光、それは身辺に遍在している時には決して認識されることはなく、喪われた時に初めて認識される。また、太陽光は全ての生命の源泉であり、夜間の人工光は夜の闇の恐怖から人間を救ってくれる。そのような意味で、春日にとって「亡き人」はまさに「光」そのものだったのである。

春日における「光」のモチーフは初期の段階から見られる。例えば一九七九年の第二歌集『火中蓮』の冒頭にも次のような作品がある。

未生なる子を匿まふやさくら木のひかりの縁《ふち》にわれは疼けり
雨の夜のガラスに音なくなだれくるさくらは巨きひかりとなれり
逆光のさくらはわれに還りくる錫箔の花散り乱れつつ

桜の一連であるが、どの桜の花も光を帯びている。光を帯びた桜の花びらは未生の子を隠すのに相応しい。その柔らかい光は生まれるべくして生れなかった子の魂を慰藉する。また、雨の夜のガラス窓に降って来る桜は室内の灯りを受けて輝き、作者の心を責め立て止まない。また、逆光の中の桜は錫箔色の優しさを帯びて作者の内面を照らし出す。このようにこまやかな心の動きはみな光を帯びた桜の花びらで表現される。後に、「亡き人」を恋う心を光の表現で象徴させる原型がここに認められる。

『野菜涅槃図』から四年後(一九九九年)に刊行された『黒衣の虹』(現代女流短歌全集五十三巻・短歌新聞社)にも「光」の歌は多い。

夫運うすきを言はば月光は濃くなるらむか　文旦を剥く
滴々と硯に落す水ふくる遠きかたより光くるごと
しづかなる姿に並ぶ空壜が歳晩の光吸ひこみてゐる

一首目に「夫運うすき」となるが、春日は二十歳で結婚した夫をわずか八年で失い、それから四年後に再婚した相手とは長く連れ添ったものの、一九九四年にやはり先立たれている。「水甕」の発行所を担った松田常憲の長女として生まれながら、作歌を始めたのが最初の夫との死別の年であったことは決して偶然ではなかったと思う。また、歌境に一段と深化を見せた『野菜涅槃図』

が二度目の夫君の死去の後に編まれたこともまた必然であった。そして、その時その時の春日の心のうねりは「光」という不可思議のものに託されて格調高く表現されてきた。
最後にその他の歌集からも「光」の作品を挙げておきたい。

信じ合いて今宵眠らむ消灯のわが家めぐりて四月の雪積む　『北国断片』
光りつつ降るを霰と知る迄はニムフにありき春の疎林に
ものの稜《かど》みな耀りそむる夕ひかり軀《み》はゆくりなく茨抱きぬ　『あまくれなゐ』
一連の真珠くもりぬ薄氷《うすらひ》のひかりをぬきて鳥の翔つなり
空ぬきて水とひかりは混りあひはじきあひつつ落ち急ぐなり　『空の花花』
ただよへる白き雲をも攫ひしか滝りんりんとひかりを増しぬ
身に余るなべて落さむ樹もわれも秋のひかりに洗ひいださる　『はじめに光ありき』
風低く奔る砂丘昏れむとし砂のさざなみうすひかりゐつ

華麗なる文学的転変

前川佐美雄は戦前から戦後にかけての歌壇で特異な位置を占めた歌人である。「心の花」で歌人としてのスタートを切ったが、やがてキュービズム、マルクス主義、モダニズムなど戦前の様々な新思潮の洗礼を受けて歌壇に登場した。しかし父の死後、奈良に帰郷し、「日本歌人」を創刊（一九三四年）した。

戦後はその門下から塚本邦雄、前登志夫、山中智恵子等、前衛短歌運動の担い手となる俊英が輩出したが、前川自身は年齢と共に、ある種の軽みを加えた独自の世界を深めていった。七〇年に奈良を離れて神奈川県茅ヶ崎市に移住してからも旺盛な創作活動を続け、迢空賞を受賞し、朝日新聞選者、日本芸術院会員ともなったが、九〇年に死去した。

前川家は奈良県忍海《おしみ》村（現葛城市）に代々農林業を営む旧家であった。〇三年にその家に長男として生まれた佐美雄は幼い頃から短歌と絵画に親しんでいたが、二一年に「心の花」に入会し、木下利玄、石榑（五島）茂らから刺激を受けるようになる。三〇年に出版した第一歌集『植物祭』

は歌壇に大きな衝撃を与え、一躍彼はモダニズム短歌の旗手となる。

ふらふらとうちたふれたる我をめぐり六月の野のくろい蝶のむれ　『植物祭』

三三年に父の急逝により家業を継ぐために奈良に帰郷してからは、保田與重郎らとの交友から「日本浪漫派」への傾斜を深めていった。歌集『大和』『天平雲』などはそのような時代の危機感を象徴的に表現しようとしたものであり、前登志夫は『大和』を「佐美雄の歌業の頂点」と位置づけた。

萬緑《ばんりよく》のなかに獨《ひと》りのおのれゐてうらがなし鳥のゆくみちを思《も》へ　『大和』

四十年には合同歌集『新風十人』に参加したが、刊行直後はこの歌集の評価は賛否両論あった。戦争中、彼は戦争遂行を肯定的に捉える姿勢となる。『日本し美し』『金剛』などはそのような歌集だった。

天窓《てんまど》の玻璃《はり》に冴え澄む星あかりこの国土《くにつち》を信じて眠る　『日本し美し』

敗戦後は戦争中の佐美雄の文学活動が批判の対象となり、彼は精神的な閉塞状況に追い込まれる。歌集『捜神』はそのような状況での歌集である。

飛び込むな飛び込むなとぞ言ふ声も極まりゆきぬ青葉の世界　『捜神』

佐美雄が改めて評価されるようになるのは六十年代に入ってからである。村上一郎や菱川善夫が、『新風十人』を再評価し、そこに日本の伝統美を守ろうとする姿勢や、時代の危機を象徴的手段で表現しようとしたことを高く評価した。

幾つかの華麗な文学的転変を重ねた佐美雄は晩年の歌集『白木黒木』である種の安寧の境地に達する。

気まぐれな鹿よと見をり朧夜の若草山をのぼりゆく一つ　『白木黒木』

宮柊二の後期歌集における韻律性――リフレイン、対句表現の多用

含みたる寒紅梅《かんこうばい》あり眼鏡《めがね》あり机上に現在《いま》ありまた未来あり
われと妻壮《さう》の二人が働きて老二人憩ひ少《せう》三人《みたり》学ぶ
『獨石馬』

過去多くなりしとおもふ言ふがたく致しかた無く過去積りゆく
種《しゆ》の別《べつ》は無くしたくとも叶はぬか思想より種の別は強きか
歌詠むは悲しと思ひ詠まぬよりは浄しと思ひ歌を思ふ夜
『藤棚の下の小室』

現代短歌と本気で向かい合った頃から宮柊二は私にとって最も敬愛する歌人の一人だった。以前は彼の初期の歌集の屈折に富み、苦渋に満ちた作品が好きだった。多分、その頃の自分自身の心に重なるものがあったのかも知れないと思う。しかし最近は、彼の後期の歌集もいいと思えるようになってきた。後期の歌集の、どこか突き抜けたような、あるいは吹っ切れたような自在さ、歌を心から楽しむというような姿勢に何ともいえない魅力を感じるようになってきたのである。

今回、改めて宮柊二の後期の歌集を読み直してみて、リフレインや対句表現が多いことに気が付いた。一首目、一首の中に「あり」が何と四回も使われている。上句は「含みたる寒紅梅」と「眼鏡」がそれぞれ「あり」と述べられており、下句ではまた「現在」と「未来」の述語がその上の「あり」であり、かつ、「机上に」を軸として、上句全体と下句全体がまるでやじろべえの様に釣り合っているという複雑な構成になっている。敢えて言えば、これから花が咲く「含む寒紅梅」は「未来」を、今の作者を助ける「眼鏡」は「現在」を象徴しているとも見られるが、そのような理屈は考えなくてもいいかも知れない。「含む寒紅梅」と「眼鏡」という視覚で確認可能な具体と、「現在」また「未来」という視認不可能な抽象的認識が見事に釣り合っているとだけ言いたい。

二首目、七人家族の生活パターンを歌っているが、これも単純な構造の対句表現ではない。「われと妻」が一つの対句であり、「二人」がリフレインになっており、かつ「三人」との対句になっている。更に「働き」「憩ひ」「学び」という動詞もまた対句表現になっているという複雑さである。「壮《さう》」「少《せう》」という音読み、四句目五句目の字余りもこの場合それぞれ極めて効果的に働いているように思える。壮年の二人が老人二人と学齢期の三人を扶養するという現実がストレートにかつさりげなく表現されている作品である。

三首目、「過去」が二回繰り返され、更に「多く」「言ひがたく」「致しかた無く」という連用形の繰り返しがある種の軽快なリズムを醸し出していることも注意しておきたい。これは全体に観念の作品であり、具体的なことは何も言っていない。しかし、このリフレイン、対句の巧みなレトリックのために、読者は決して単調感を抱かない不思議な作品である。
四首目、「コスモス」の中の作品研究では明らかにされているのかも知れないが、このままでは何のことを言っているのか判りにくい。同じ『藤棚の下の小室』の中の別の個所に〈種《しゅ》の別《べつ》の興奮ゆゑに凄惨なる悪にいたりし専制おもふ〉という作品があるが、当時の分断国家のことを言っているのだろうか。判りにくさはあるが、ここでもやはり「種の別」というやや特殊な硬い言葉の繰り返しが、内容の苦渋さ、重苦しさを救っているように思えるのである。
五首目、これも「歌」が二回、「詠む」が二回、「思ふ」が三回繰り返され、更に「悲し」「浄し」が対句表現になっている。また、「詠む」「詠まぬ」もこれまた対句になっているという念の入れようである。これくらいになってくると、明らかな意識性が感じられる。たまたまそうなったということではなくて、戦略としてその効果を期待している作り方と言っていいのかも知れない。なお高野公彦の〈歌詠むはさびしくあれど歌詠まぬ生き方われになくて歌を詠む〉(『雨月』)は、柊二のこの作品の影響を受けていると思う。

『忘瓦亭の歌』

人の恩友の恩あり一歩《いっぽ》また一歩《いっぽ》の生の今日に及びつ
田より田に水かよふ音田の畔《あぜ》の草間《くさま》に籠る虻の翅音《はねおと》
去りゆきし少年時、戦時、壮年時、還暦一歳爾後の茫々
わが部屋は板戸硝子戸障子戸に貧しきものの病《やまひ》やしなふ

午後までに牡丹四株一花《いつくわ》また一花を開き重たし時は
新しき歳《とし》に入りたり新しき心に巡《めぐ》る梅檀の木を

もう少し見てみたい。一首目、これもまた一首の中にリフレイン、対句表現を詠み込んでいる。「人の恩友の恩」が対句であり、「一歩また一歩」がリフレインである。この二重の技巧が一首全体として心地よいリズムを生み出している。

二首目は「田」を三回、「音」を二回使っている。ついでに言えば、「田」「音」に共通するT音もそのリズムの心地よさの理由の一つであろう。

三首目四首目は、それぞれ「時」と「戸」を三回使っている。三首目は時間軸の流れを、四首目は素材の違いを表しつつその機能の同一性を表しているが、この巧みさには正直なところ舌を巻く。五首目、「一花」がリフレインである。六首目も「新しき」のリフレインという比較的単純なレトリックであるが、このような一組のリフレインだけという作品なら後期の歌集にはいくらでも例を挙げることができる。因みにこの六首目を含む一連の小題は「日を送り日を迎ふ」と、これまた対句表現である。

若きらは国に殉《したが》ひつねにつねに痛ましかりき顧《かへりみ》ざりき
萌えいでし若葉や棗は緑の金《きん》、百日紅《ひやくじつこう》はくれなゐの金《きん》

『藤棚の下の小室』

朝を凪ぐ港の町を宿までに煙草一つ買ひ橋一つ渡る

石ひとつ滅びたる庭に帰りきぬ飛行二時間車走二時間ののち

土冷ゆる朝の木下《こした》に拾ふなりひぐらしの殼《から》法師蟬の殼《から》　『獨石馬』

一つ一つ挙げていくと切りがないが、後期の柊二の歌集にはこのようにまだまだリフレイン、対句表現の例がいくらで見受けられる。

＊

全部調査したわけではないので、数字として示すことが出来ないが、前期の歌集にはリフレイン、対句表現は後期に比べて少ない印象を受ける。このような宮柊二の後期におけるリフレイン、対句表現の多用をどのように理解したらいいのであろうか。

目にまもりただに坐《ゐ》るなり仕事場にたまる胡粉の白き塵の層《かさ》　『群鶏』

金粉の舞ひいちじろき陽を見れば疲れたるらし目にいたく沁みぬ

遠くより伝はりきつつふるさとの夜《よる》の電話に低き姉の声　『山西省』

こころばへ淋しくなりて私語《ささめ》けり悔あらぬ兵を遂《と》げむと思《も》ふと

因みに、柊二の初期二歌集のそれぞれ冒頭の作品二首を引いてみた。ここで注目されるのは四首共字余りになっていることである。思うに、柊二は、敢えてリズムを壊すことによって一首の中に瘤のようなものを作ろうとしたのではないだろうか。敢えて滑らかな韻律を拒否し、リズムに瘤を作ることで、作品の内容に相応しい奥行き、陰影を与えようとした。それは若さゆえの自意識であり、心の深い屈折のなした行為だと思う。

なお、後期の柊二の歌集の語法上の特徴として次のような「つつ」という副詞の多用も目に付く。

山椒《さんせう》の揺るる葉影を宿しつつ電柱は立つ乾ける白昼《まひる》
黒き蟻一匹はいま懸命に芝生の中をわたりつつあり
『藤棚の下の小室』

岩盤《がんばん》が水に入りゆくその岸に羊歯《しだ》繁りつつ飛沫《しぶき》に揺るる
籠りつつ今朝は見てをり庭すみの萩吹きてゆく風の行方《ゆくへ》を
『獨石馬』

この柊二における「つつ」の多用についても機会を改めて考察してみたいと思うが、これもやはりリフレインや対句表現と同様に、韻律の上では語調を整え、一首を読み下した時のリズムを滑らかにしているように思える。

初期歌集においては内容を優先させ、韻律上はむしろ、瘤を作り出すことを意識していたように思える柊二は、後期歌集では、内容は洒脱になり、韻律の滑らかさをも十分に重視するように変化したようだ。それは変化の激しい昭和二十年代、三十年代から安定した四十年代という時代の変化と同時に、青年から壮年老年へと移り行く柊二自身の加齢も綯い交ぜになった変化の反映かも知れない。初期の心の屈折から余裕と達観の境地に達し、歌の厳しさを追及しつつ、同時に歌を楽しむ柊二の穏やかな姿勢が感じられるのである。そういえば、私の印象にある柊二の写真は、青年時代のものは眉間に皺を寄せた苦しげな表情であり、晩年のものは車椅子に穏やかな表情を浮かべていた。

高安国世

昭和二十年、三十二歳の高安国世は第三高等学校のドイツ語教師であった。「アララギ」会員ではあったが、「アララギ」誌上で彼の作品は前年十九年九月号の三首を最後として、二十一年二月号まで見られない。しかし、作品は作り続けており、二十四年に出版した第一歌集『真実』は「敗戦」という小題の八首を冒頭に置く。

くまもなく国のみじめの露《あら》はれてつひに清らなる命恋《こほ》しき
みじめなる日日といふとも学びたき物多くして時を惜しみつ
限りなくみじめなるをば重ねつつ湧きくる力たのめりひとり

記念すべき第一歌集の冒頭に「敗戦」の歌を置き、しかも繰り返し「みじめ」という言葉を使っていることに、読者としては、正直なところ多少の戸惑いを感じざるを得ないが、それがその時の高安の偽らざる気持ちだったのであろう。

しかし、高安が決して絶望に陥っていたのではなかったことはこれらの作品から伺われる。敗戦国の国民として気持は惨めではあるが、一方で、戦前戦中は学べなかったものがこれからは自由に学べる、それが多すぎて時間が足りないとまで言っている。戦争の悲惨さとその反省を踏み台にして自らの裡に湧いてくる再生への力を信じるとまで言っている。高安にとって戦争中は、爆撃の恐怖や飢えの苦しさもさることながら、それ以上に自由な学問が出来ないことが苦痛だったに違いない。日本全体が敗戦の虚脱状態にある中で、高安はその虚脱の中から一人の誠実な知識人として新しい時代に生きようとする決意を固めていた。

『真実』の「巻末小記」に高安は「本集所載の歌によつて僕ははじめて兎に角一人の作家としての自覚と責任とを持つやうになつて来た」と書いている。新しい時代の到来は高安に新しい表現者としての自覚と責任を促したのだ。

更に、その文章の中で高安は、土屋文明に歌を見て欲しいと頼んだところ、文明は「自分の歌を人に見てもらふなどといふことは止せ。自分らも左千夫先生の歿後それぞれに工夫をしてやつて来たのだ。やれない筈がない」と言われたとも書いている。

その言葉を受けて、高安の意識と作品は変ってゆく。それより九年後、彼は「塔」を創刊する。

戦は終りしと知り昼に夜に憑かれしごとく筆執りたりき

病をも飢をも忘れ学びしは若さか躇いともあらず

昭和五十六年に出た高安の第十二歌集『湖に架かる橋』の中の「わが戦後」と題する作品の中の二首である。自由に学べる時代の到来を喜ぶ高安の喜びと昂ぶりは三十年以上経っても忘れることのできないものであったのだ。

高安国世の創作語

かきくらし

かきくらし雪ふりしきり降りしづみ我は真実を生きたかりけり　『Vorfrühling』

掲出歌は高安国世の代表歌として広く知られており、刊行順では『真実』に次いで第二歌集（制作順からは第一歌集）『Vorfrühling』の冒頭に置かれている。広辞苑には「掻き暗す」という言葉が出ている。「空を暗くする」意味であり、古今集の「かきくらしふる白雪の下ぎえに」という用例が挙げられているので、厳密に言えば、高安の創作語とは言えないだろうが、近代ではあまり用例が無く、この歌があまりにも有名になったため、このページで取り上げないわけにはいかない。

「かき」は爪などを立てて擦る意味の「掻く」の、「くらし」は暗くするという意味の「暗す」

の、それぞれ連用形である。この二つの言葉が結合して、爪を立てて一面に擦るように、雪が空を暗くして激しく降っているという描写になる。古今集の用例から見ても、この言葉は、古くは雪の激しく降る様の形容に使われていたようだ。

昭和九年作のこの作品を含む一連は「決意と動揺と」という小題で、次のような長い詞書を伴っている。

早春、医科の試験準備中、永年ためらひためらひしてゐた心を遂に決して、生涯を文学に捧げることにし、父母にも嘆願し説得して、文学部に志望した。自分としてはせい一ぱいの努力で、その時の異常な興奮は数週間しづまる所を知らなかつた。

このような作品の背景を知ると、鑑賞に一層深みがでてくる。

暮れぐれて

葛の葉のくらくさやげる山路来て暮れぐれて白き鋪装路に出づ　『Vorfrühling』

「暮れ暮れ」という名詞や「暮れ暮れと」という副詞はあるが、「暮れぐれる」という動詞はないようなので、これは高安の創作語と言っていいであろう。釈迢空の「葛の花、踏みしだかれて色あたらし。この山道を行きし人あり」を連想するが、事実、この一首が高安の脳裏にあったのかも知れない。

意味は「日が暮れようとしている」ということであるが、この場合は、「日が暮れようとしている時に」と時間を表す副詞のように使われている。暗緑色にさやぐ葛の葉と鋪装道路の白さとの色彩の対比が鮮やかであるが、日暮れという時刻の設定がその対比を一層鮮明にしている。

この作品の二首後に「跳び出づるはたはたの腹白くして夕暮るる野を草蹴り歩む」という作品があるが、これも掲出歌と同様に、草の緑色とバッタの腹の白い色の対比を夕暮れという時刻の設定で際立たせたものである。

船太笛

しわがれし船太笛のいずこより海なき街にけさもめざめて　『砂の上の卓』

「しわがれし」という修飾語を伴っているが中心は「笛」であり、「船」と「太」は一緒になって更に「笛」を形容していると考えていいであろう。船の汽笛の低い音をこう表現したのである。「ふねふとぶえ」と読み下しても実に力強い印象を受ける。

海のない街なのに明け方にどこからともなく聞こえてくる太い汽笛のようなしわがれた音は何か一種の不吉さすら感じさせる。

この作品を収める第五歌集『砂の上の卓』を上梓した翌月（昭和三十二年五月）、高安はドイツ留学に旅立った。聴力障害の息子、病弱の妻、創刊して三年目の「塔」を日本に残し、そして自身も喘息に苦しみながらの初の留学であった。

犬理髪所

風ある方求めて高くのぼりくれば犬理髪所に毛を刈らす犬　『街上』

昭和三十年代半ばの作品である。現在でこそペットの美容院は珍しくも何ともないが、四十年前に既に犬専用の理髪所があったとは意外であった。「犬理髪所」というのも高安が作った言葉ではなくて、多分看板にそう書いてあったのかも知れない。直截的で目的を明解に表わした言葉である。上句の破調が心の乱れを暗示させる。尚、この作品の前後にこんな作品がある。

湿度一〇〇泳ぐがに鋪道わたる人シャツ着たり水中肺《アクワ・ラング》欲し
灯の入りし函につめられ次々に屋上ビヤガーデンに吸い上げらるる

アクアラング、屋上ビアガーデンなどと共に「犬理髪所」は、日本経済成長と共に出現した風俗の一つであったのだ。

死を見つめた歌人　青井　史

青井史の壮絶といってていいあの死に方はいまだに語り草になっている。自身が主宰していた「かりうど」最終号や、友人たちの雑誌のインタビュー記事で、その覚悟のほどを淡々と述べていた。己の死を見つめながら恐ろしいまでの冷厳さで、「かりうど」解散の事務手続きを全うし、世話になった人たちに別れを告げており、その姿勢に多くの歌人たちは深い衝撃を受けた。もっとも、「冷厳さ」と書いたが、これは読者の印象であって、実際には本当に親しい人たちには電話で慟哭の気持ちを告げていたこともあとで知った。

青井の遺歌集となった第五歌集『天鵞絨の椿』は死の翌年の二〇〇七年に元「かりうど」の会員たちによって刊行された。その最後の方から幾つか引いてみる。

あたたかき看護師となれと声かくれば乙女は涙すわが死を見越し

余命二年の時間さへ長しかがなべてひとりの夜の七百余日

わがひと世あざけるやうに燃ゆる葉鶏頭もやがて焉らむこの秋の末
死は一人の完結と言ひしは誰ならむ完結するまでが苦しい

肺腺癌により余命二年との告知を受けていたが、それ以降の青井は文字通り獅子奮迅の勢いで、歌を作り、結社の始末をつけていった。自宅で抗癌剤イレッサを服用しながら、酸素吸入を受けつつ、会員に対して終刊号発行などの指示をしていたという。そのような無理がたたったのか、告知された余命よりもかなり早くその命は尽きた。これらの最晩年の作品にこの世にやり残したことへの執着と、与えられた運命を受け入れようとする覚悟とが綯い交ぜになって表現されているようである。

無菌室の夫に似てゐる冬林檎一つのみ買ひて戻りて来たり
氷より冷たくなりてゆく人のかたへに添ひつつ二夜を明かす
夫なしの冬へ入りゆく昨日今日はつかなる塵卓を占めつつ

私自身、青井さんとは一九九八年、現代歌人協会代表団のメンバーとして「日中短歌シンポジウム」（於・北京）に共に参加した思い出があるが、それ以上に忘れられない想い出がある。青井さんの年譜で確認すると二〇〇四年のことだと思うが、ＮＨＫ学園の短歌コンクールの選を青井さんと私がペアを組んで一日がかりでしていた。ペアで選をするというのは、いい作品を見落とさないようにするためである。その時、何度も青井さんの携帯電話が鳴り、その都度、青井さんは廊下にでて、しばらくすると席に戻って選歌を再開した。その日、何回かそういうことがあった。夕方全部の選歌が終った時に、青井さんは他の選者と学園のスタッフに深々と頭を下げて「夫が入院しているので、その連絡で携帯が鳴り、皆様にご迷惑をお掛けしました」と詫びられた。あとで知ったことだったが、その日にご主人が亡くなられたのだった。

死場所と決めて動かぬ冬蜂の漕ぐふらここやかすかにゆらぐ　『花の未来説』
吾が生に終はりあることやはらかし春の墓一基一基触りゆく　『鳥雲』
わが死後を未来と呼びて書かれゐる家族論美《は》し二十一世紀美《は》し　『月の食卓』
芝にあるゆるき起伏よ九十の住井するゑまでまだ四十年
わが死後もわが血を継ぎて生くるものじりじりとシェーバーの音たててゐる
死水といふ水あり夏に入る川の流れにわが影をうつす
わが死後もわが誕生日永久《とは》に来る二百歳の日の雲いわし雲
わが死後の草葉の陰のわがまなこ水仙花黄の蘂をみひらく
明日死んでもいいやうな生を思ひつつじつくりと六十代へ踏み入る　『青星の列』

これらは死のずっと以前の作品である、それぞれの歌集刊行の青井の年齢を確認すれば、『花の未来説』四十三歳、『鳥雲』四十八歳、『月の食卓』五十五歳、『青星の列』六十歳である。「日月」〇七年一月号に青井は「三度目の正直」という文章を書いている。亡くなったのが前年十二月だから、本当に死が差し迫った時に書いたのであろう。彼女が「三度目の正直」と書いたのは、六歳の時の小児結核、五十八歳の時の子宮頸管癌で二度死を覚悟して、都度生き抜いてきた。しかし「その私に三度目の正直がとうとうやってきた」というのである。これらの作品を見ると、青井は若い時から自分の「死後」のことをずっと考えていたことがわかる。

しかし、青井の作品はこのような自らの死と直面するような作品ばかりではない。例えばこのような作品がある。

ヨット一艘丸ごと洗ひたし十一月の洗濯日和どこまでも青　『月の食卓』

トーストの匂ひほんのりこの朝のために夫婦でゐるといふこと

分りすぎる程に分りて分らざる男三人《みたり》をわが家族とす

自らの死の予感があったればこそ、家族に対する思い入れが強かったのだと思う。

前述の通り、青井の壮絶な死は多くの歌人に深い衝撃を与えたが、特に同世代の女性歌人の受けた衝撃は大きかった。多くの追悼歌が作られたが、その中で沢口芙美がある会に提出した作品を挙げておきたい。

勢いて死まで行きしよ棺の中にまだ若さある顔をかなしむ

釈迢空の墓

一・迢空と能登

釈迢空という奇妙な名前と、その一風変わった作品を始めて知ったのは高校生の時の現代国語の教科書だったと思う。引用されていた作品はよく覚えている。「葛の花　踏みしだかれて、色あたらし。この山道を行きし人あり」であった。もっとも、覚えていると書いたのは、その内容であり、この独特の句読点はいま改めて確認しながら書いている。迢空の系譜に繋がり、その研究家でもある秋山佐和子氏もやはり、この一首について「私がこの歌に出会ったのはいつだったろう。高校の国語の教科書に載っていたような気がする。その時、どのような解釈を聞いたのか、自分でどう感じたかはよく覚えていない。」（秋山佐和子『長夜の眠り――釈迢空の一首鑑賞』）と書いている。私の世代の歌人の中には高校の教科書で迢空と出会った人が少なくないようだ。私も、あの時教師がどのような説明をしたかはよく覚えていないが、自分なりに山道に踏みしだかれたばかりの葛の花の、無残でかつなまめかしいイメージを抱いたことは今でも鮮明に記憶している。

後になって、自分が短歌を作り始めて、改めて迢空のことを強く認識した。それは一風変わった作品を作る歌人としてだけではなく、彼が養子とした折口（旧姓・藤井）春洋が、私の育った石川県鹿島郡中島町（現・七尾市）からほど近い羽咋郡一ノ宮村（現・羽咋市）の出身であることを知ったからである。因みに「一ノ宮」という地名は、能登一ノ宮の氣多大社があることによる。春洋は一九〇七年に氣多大社からほど近い漢方の眼薬を伝える古い家柄の藤井家に生まれた。石川県立金沢第一中学校（現・石川県立泉丘高等学校）を卒業後、國學院大學予科に入学して、迢空に師事し、迢空が主宰する結社「鳥船社」に入会した。卒業後は國學院大學の講師、教授となったが、一九四四年に戦争により再招集され、硫黄島に着任した。そして折口の養子となったが、一九四五年三月に戦死、死没後に中尉に昇進している。「戦死」の状況は明らかではないが、迢空は米軍上陸の二月十七日を命日と定め、「南島忌」と名付けた。

今でも私は歌の友人たちと能登を旅行することがあるが、羽咋市一ノ宮町の海岸近くにある迢空と春洋の墓を訪れることが多い。レンタカーを借りて、国道を走るのだが、標識が小さくて見逃すこともある。ようやく標識を見つけて、矢印に従い、国道から細い道に入り、畑の中をしばらく行くと、少し開けた場所に出て、そこに四角い墓碑が建っている。墓碑には「もつとも苦しき／たゝかひに／最くるしみ／死にたる／むかしの陸軍中尉／折口春洋／ならびにその／父　信夫／の墓」と刻まれている。

墓石の周辺は静かな砂地で、遠くに微かに日本海の波音が聞こえることがある。その前に立つと、厳粛さと共に、一種の言い知れぬ異様さをも感じる。

二、迢空の能登の歌

気多の村
若葉くろずむ時に来て、
遠海原の　音を
聴きをり

羽咋市の折口春洋の生家、藤井家に近い能登国一ノ宮氣多大社の祭神は大己貴命、即ち、大国命である。社伝によれば、第八代孝元天皇の御代に、大己貴命が出雲から舟で三百余神を率いて、化鳥、大蛇を退治しながら海路を開き、辿り着いた能登に入り、そこで土地を開拓したのち、土地の守護神としてその地に鎮まったという。中世能登の守護大名畠山氏や江戸時代の加賀藩主前田氏など、歴代の領主からも手厚い保護を受けてきた。本殿など五棟が国の重要文化財に指定されている他、背後の社叢は人が入ることを許されない「入らずの森」であり、国の天然記念物に指定されている。

氣多大社の鳥居を潜ってすぐのところに自然石で作られた折口父子の歌碑が建っている。右側の横に長い石に迢空のこの「氣多の村」の歌が、左側の少し小さめの縦に長い石には春洋の歌が刻まれている。なお、掲出歌は歌集『春のことぶれ』での表記であり、歌碑では初句が「気多のむら」と「村」が仮名表記になっている。

昭和二年、四十一歳の迢空は國學院の学生を率いて北陸の採訪旅行を行った。羽咋では春洋の生家に滞在したが、その際の作品二十四首が連作「気多はふりの家」という題で「國學院雑誌」に発表された。「はふり」は「祝」であり、神に仕える人のことである。もちろん、藤井家のことである。掲出歌はその最初の歌である。リズムの良さは、K音を幾つか重ねたところからも来ているのだろう。上句の「若葉くろずむ」は梅雨時の青葉の暗い繁りを言っているのだが、一方で、迢空の心の苦しさをも表しているような気がする。そしてそれが、下句に来て、遠い海の音に耳を澄ましており、一転、澄み切った心境に移っているような印象を受ける。この歌が作られた翌年、春洋は内弟子として迢空と同居することになる。迢空の歌碑の横に寄り添うように建てられている春洋の歌碑の歌は次の通りである。

　　春畠に菜の葉荒びしほど過ぎて、おもかげに師を　さびしまんとす

「おもかげに師を　さびしまんとす」が切ない。

たぶの木の　ひともと高き家を出でゝ、はるかにゆきし　歩みなるらむ

第六歌集『倭をぐな』の中の「静かなる庭」からである。椨《たぶ》の木はクスノキ科の常緑高木であるが、なぜか昔から神社の「鎮守の森」によく植えられている。もちろん、氣多大社の社叢にも見られるが、これは藤井家の敷地内の椨である。一見、春洋を歌った作品とも見えるが、実際には、昭和十三年、春洋の生家、藤井家の当主で春洋の兄である巽氏の夫人が二男一女を遺して亡くなられた時、迢空が挽歌として色紙にしたため、藤井家に送った作品である。春洋の「先生が屛風にするべく書いて下さった」との手紙も添えられていた由である。

「たぶの木の　ひともと高き」で、神社に関わりのある古い家柄の屋敷であることが推察される。私は藤井家を外からしか眺めたことはないが、塀に囲まれていた。その時は気がつかなかったが、塀の外からも一見して判るような高い椨の木だったに違いない。下句には、黄泉の道へ旅立った人への深い祈りの気持ちが感じられる。なお、この歌が歌集『倭をぐな』に収められた際、次のような作品も収められている

羽咋の海　海阪《ウナサカ》晴れて、妣《ハハ》が国今《クニ》は見ゆらむ。出でて見よ。子ら

「子ら」は亡くなられた人が残した遺児であろうか。

洋《ワタ》なかの島にたつ子を　ま愛《ガナ》しみ、我は撫でたり。大きかしらを

これ自体は能登で作られた作品ではないが、春洋を詠んだ作品として忘れられない一首である。初出は「短歌研究」昭和二十年三月号で、「春洋　再征く」と題した全六十一首の中の一首である。春洋は昭和十六年に召集を受け、翌年召集解除となるが、戦争が激化した十八年に再召集を受け、本籍地近くの金沢の歩兵連隊に入隊する。十九年四月に迢空は金沢を訪れ、春洋に面会している。十九年六月、部隊は千葉県柏に集結の後、七月九日、横浜から船で八丈島に向ったが、先発の船が沈没したため、行先を硫黄島に変更したという。部隊が硫黄島到着後の同月二十一日、春洋は折口信夫の養嗣子となる。そして、同島において戦死した。戦死の報は二十年三月十九日に東京連隊司令官の名で通達されたという。「洋なかの島にたつ子を」とあるから、召集時点で既に八丈島（結果的には硫黄島）に行くことが決められていたようだ。春洋が金沢で迢空と面会した時に作った作品が、前述の氣多大社に迢空の「気多の村」の歌碑と並んで建てられている「春畠に」の一首である。

余談であるが、旧金沢城跡は明治維新後、軍隊が置かれ、戦後は金沢大学が置かれたが、現在は、金沢大学も移転して、「金沢城址公園」として整備が進められている。なお、中原中也の父、謙助は一九一二年から二年間、三等軍医正として金沢の連隊に勤務しており、幼い中也も金沢市内の北陸女学校附属第一幼稚園に通った。迢空が春洋と面会したのが城跡内の軍の施設だったの

か、場外であったのかは不明だが、いずれにせよ、あの辺りは私にとっても懐かしい場所である。
この「洋なかの」の歌は、五十七歳の迢空がこれから出征しようとする三十七歳の大学教授である壮年の頭を、まるで母親が小さな子供にでもするように撫でているのである。盲愛と言えばそうなのかもしれないが、何か人間の根源的な真情を感じさせられる。

愚痴蒙昧の民として　我を哭かしめよ。あまりに惨《ムゴ》く　死にしわが子ぞ

昭和二十年三月三十一日、硫黄島の日本軍二万三千人玉砕が大本営から発表された。その戦闘の悲惨さは映画「硫黄島からの手紙」などで我々も知っている。「無知蒙昧」という言葉はよく使われるが、これは「愚痴蒙昧」である。迢空は何に対して「蒙昧」だったと言っているのであろうか。「民として」とあるので、迢空個人の事ではなく、日本国民の一人としてということになる。硫黄島の戦闘の悲惨さに対してであろうか、それとも、南方各方面に於ける絶望的な戦局に対してであろうか、はたまた、無謀な戦争に突入してしまった祖国の運命に対してであろうか。いずれにせよ、迢空は修辞ではなく、文字通り慟哭したのであろう。更に、「民として」と言っていることは、迢空が、あの敗戦を政治、外交、経済、社会の問題としてではなく、民族の問題、特に信仰の問題として捉えていたことを伺わせる。迢空は日本の神が欧米のキリスト教の神に敗れたのだと思ったのだ。

耶蘇誕生会《タンジヤウヱ》の宵に　こぞり来る魔《モノ》の声。少くも猫はわが腓《コブラ》吸ふ

難解で有名な迢空の一首であるが、これも日本の神がキリスト教の神に敗れたという迢空の認識が背後にあることが伺われる。

そして、この時五十九歳という当時としてはもう立派な老人であった迢空の脳裏には、春洋の故郷、能登の素朴で美しい海山や、そこに鎮座している古い神社の光景が走馬灯のように過ったに違いないとも思う。

三、迢空の墓を歌った人たち

迢空の門下であった藤井貞文（一九〇六年〜一九九四年）は生前には歌集を持たなかったが、没後、娘である藤井常世の手によって全歌集が編まれた。その『藤井貞文全歌集』（二〇〇三年、不識書院）を読んでいくと、迢空の死の経緯が判る。その中から羽咋が読み込まれている作品を拾ってみたい。

天津島　羽咋白浜　風澄みて　佳し、と我が師は　鎮まりたまふ
気多の宮　たぶの木群に　出で入りて　遊べる事も　二十年を越ゆ
気多の杜　たぶの木ぬれに　風澄みて、奥津城処となりにけるはや

「九月三日」(三井注・昭和二十八年)という小題の中の迢空が危篤におちいった時の作品である。一連の中に「アララギ茂吉追悼号　読みてあれば、飯田橋駅に　電車停れり」という作品もあるが、この年に歌壇は茂吉、迢空という二大巨頭を失ったのだ。藤井貞文のこれらの作品から判断すると、春洋との縁から二十年以上折に触れて訪れた羽咋の氣多大社に葬られることは迢空自身の意向であったことが明らかである。春洋の故郷、羽咋の白い砂浜、澄んだ風、栴の木立、そのような光景が迢空の心を強く捉え、自らの魂の永住の場所として希望したのだ。

『藤井貞文全歌集』のこの後の小題だけを拾っていくと「五日午後三時出棺」、「六日葬儀」、「十二日國學院追弔祭」、「岡野弘彦君　供物を寄せ来つ」、「十二月十一日　百日祭　この夜、遺骨能登に向ふ」、「十二月十三日　埋葬式　千勝重次君、御墓の砂を齎らす」とある。東京での百日祭を終えたその晩に、迢空の遺骨は能登へ運ばれたのだ。千勝重次君は多分、門下の一人であろう。

更に、昭和二十九年の作品の中に「能登　八月三日」という小題で、貞文が能登の迢空の墓を訪れた時の作品が十六首置かれている。三首だけ引いてみる。

砂山の砂埋るゝ師の御墓　草とりまゐらす。真日の中なる
能登の海　静かなれば　青雲の彼方ゆ響くか。わが師の足おと
白砂の丘　さらさらと光る朝。草とり居たり。御墓の辺

その後も、昭和三十一年の作品に「三年祭　八月三日、常世を伴ふ」九首、三十五年の作品に「七年祭」三首、三十七年の作品に「能登」二首、四十三年の作品に「気多　先師十五年祭」二首がある。

藤井貞文以外にも迢空の墓を訪れる歌人は少なくない。中でも、迢空の系譜に繋がる歌人たちは繰り返し墓を訪れ作品に歌っている。岡野弘彦第一歌集『冬の家族』に次のような作品がある。

沙丘《すなをか》のみ墓をつつむ夏草はすでに乏しき穂を抽《ぬ》きてをり
虫の音は四方の草生《くさふ》におこるなり潮騒にまじるさびしきその声
碑文《いしぶみ》の文字を指もてたどりゐるこの幼きを許し給はな

墓石の周辺の砂、そこにまばらに生えている夏草の乏しい穂、遠い潮騒、それに混じって聞こえる虫の音、どの一つを取っても極めて淋しい光景である。そして岡野は幼児のように墓石に彫られた文字を指でなぞっているのだ。

岡野に師事した沢口芙美の第三歌集『わが眼に翼』には次のような作品がある。

青やかな椨《たぶ》の一枝手にもちて驟雨すぎたる道をみ墓へ
次々と供ふる椨に囲まれていきいきとあり今日はみ墓も

とほうなばらの音をききつつねむりゐる町人《まちびと》迢空のさみしさおもふ

墓前祭の様子であろうが、沢口は、人々が去った後の墓の周辺の淋しさを思っている。大阪や東京という都会でのみ育った迢空にとってこの光景はさぞ淋しかろうと思っているのだ。
沢口たちと共に岡部に師事した上條雅通の最新歌集『文語定型』にも次のような作品がある。

陽を吸へる砂を踏みつつ気多の海曇れる沖のはろけさを見ぬ
御榊に囲まれ墓はふたたびの静けさにあり遠く見て過ぐ

私が能登から東京に出て来て思ったことの一つに、東京の海の明るさがある。能登の海は、空は晴れていてもどこか微かに曇っているような気がする。一首目はそんな能登の海の特徴を捉えている。二首目は、恐らく墓前祭に参集した人たちが去ったあとの墓の周辺の淋しさを歌っている。そして、この能登の海近く、春洋とともに安らかに眠っている迢空のことを思っているのだ。
迢空の系譜に繋がる人以外でも、例えば、栗木京子の歌集『しらまゆみ』に次のようなものがある。

葱を植ゑあさがほ咲かせる家見つつ墓所に来たりぬ若葉の丘の
苦しみて苦しみて死にし丈夫《ますらを》と父に手向けむ冷えたるビール

ほつれ毛を撫でつけ丸き夕日なり五月の能登の海へと沈む

一首目には「折口信夫父子の墓を訪ねて能登へ」という詞書が添えられている。「若葉の丘」は沼空の歌碑の「若葉くろずむ」を踏まえている。「葱を植ゑあさがほ咲かせる」は、実際に墓を訪れたことのある人なら、ああ、そんな場所だったと納得する。二首目の「苦しみて苦しみて」も、墓碑の「もつとも苦しき／たゝかひに／最くるしみ／死にたる／むかしの陸軍中尉／折口春洋」を下敷きにして、「苦し」のリフレインを利かせている。もちろん、春洋のことで、その後の「父」は沼空である。「冷えたるビール」が切ない。凄まじい決戦の島にはビールなどはなかったであろう。三首目のような海に沈む夕日はどこでも見られるわけではないが、能登半島の西海岸では夕日は海に沈むのである。

四、最後に

能登では、羽咋は七尾に次ぐ大きな町である。ただ、半島の東側で内海に面した七尾は比較的波が穏やかであるのに対して、半島の西側にあり、日本海に面している羽咋では、冬は荒波が直接打ちつける。また、羽咋市の北隣に志賀町という町がある。そこは坪野哲久と岡部文夫の出身地でもあるが、松本清張原作の『ゼロの焦点』でも有名になった。この小説は何度か映画化、テレビドラマ化されたが、志賀町にある「ヤセの断崖」から登場人物が飛び降りるシーンがある。

映画でその映像を見た人ならその場所の淋しさ、厳しさがお分かりいただけるかと思う。近年は、北陸電力志賀原子力発電所の立地で経済の振興を目指したが、それも東日本大震災以降は運転を停止している。

能登の各自治体では御多分に漏れず、年々人口が減少している。しかし、過疎化は能登だけの問題ではない。冬の気候は厳しいとはいえ、夏の能登は美しい。湘南のような賑やかさこそはないが、静かで穏やかな日本海がある。冬は厳しい気候の土地であれば、浄土真宗の信仰の篤い地でもあるが、氣多大社のような古い神社もある。都会育ちの迢空には淋しすぎるかも知れないが、迢空自身がその風土を愛し、そこに永眠することを希望したのだ。そこは愛する春洋の故郷でもあり、時々は歌人たちが訪ねてきてもくれる。

私は、この稀代の歌人が、私の故郷能登を愛し、そこに眠っていることをとても誇らしく思う。その自然は美しく、風土は豊かで、人々の心も豊かなのだ。そこで最愛の養子、春洋と共に眠っている迢空の魂は決して淋しくはないと思う。

折口春洋の歌

釈迢空こと折口信夫の養嗣子、春洋は明治四十年、石川県羽咋市一ノ宮の生まれである。その前年に、一宮のすぐ北にある高浜町（現・志賀町）で坪野哲久が、また春洋が生まれた翌年は、やはり高浜町で岡部文夫が生れている。近代短歌史に特異な足跡を残した春洋、哲久、文夫の三人が、相次いで能登半島中部のわずか数十キロ四方の地域に生を享けているのは興味深い。

迢空の作品はいろんなところで繰り返し論じられているが、春洋に関しては、その名前と悲劇的な最後については知られているものの、作品に関しては、直接、その系譜に繋がる者以外には、あまり読まれていないのではないだろうか。折口（旧姓・藤井）春洋の歌集として『鵠が音』（角川書店）がある。彼が硫黄島に出征した昭和十九年に迢空によって編集されていたが、出版は迢空の死の年の昭和二十八年である。逆編年体で巻末に迢空の解説と追い書きがある。この歌集から春洋の作品を抄出して鑑賞してみたい。

この機みな　全《マタ》くかへれよ。螢火《ホタルビ》の遠ぞく闇《ヤミ》を　うちまもり居《ヲ》り
あまりにも月明ければ、草の上に　まだ寝に行かぬ兵とかたるも
朝つひに命たえたる兵一人　木陰《コカゲ》に据ゑて、日中をさびしき

これら三首は、硫黄島から沼空に宛てた手紙の中に記されていたものであるという。硫黄島へ春洋を送ってきた飛行機が内地へ帰っていく時の作品であろうか。先般話題になった映画「硫黄島からの手紙」を私は見なかったが、その一シーンと言ってもよさそうな作品である。上句は祈るような内面の吐露であり、下句は映像的に描写している。二首目は、戦地に到着して間もなく、激戦はもとより、陣地構築もまだ始まっていない時期の将兵一体となった余裕のようなものが感じられる。三首目は、戦闘による死ではなく、戦病死であろう。屍を木陰に安置するというところに、兵に対する思いやりが現れている。

雪ほのに見えて　しづもる向ひ山。暗きに起きて、兵を発《タ》たしむ
若くして　心真直《マナホ》に征《ユ》きにける伍長《ゴチヤウ》一人を　心にたもつ
宵《ヨヒ》早く　道の残雪《ハタレ》の凍《イ》て来るに、堪へがたく立ちて　兵をはげます

これら三首は、昭和十八年九月に再度の召集を受けて金沢歩兵連隊に入り、初年兵たちの教育

に当っていたころの作品である。一首目、連隊があった場所は金沢城址であるが、多分そこでの作品であろう。因みに、そこは戦後、国立金沢大学となり、数年前に、金沢大学は郊外に移転して、現在、金沢市が「金沢城址公園」として、少しずつ藩政時代の櫓などを極力藩政時代のままの形で復元するプロジェクトを行っているが、まだそこここに軍が駐屯していた遺構などはあるようである。そこから見えた「しづもる向ひ山」とは白山であろうか。即席の教育を施した初年兵たちはそこから未明に戦地へ赴いたのであろう。「兵を発たしむ」と簡単にかつ淡々と事実だけを述べているが、そこには硫黄島での最初の一首の「この機みな　全《マタ》くかへれよ。」と同様に軍隊の機構に組み込まれながらも、命を惜しめよという春洋の声にならない声を聞くような気がする。二首目は、沢山の初年兵の中の特に生真面目な一人が気になったのであろう。心優しいといえば、そうだが、そのような優しさが、軍隊の中でプラスだったとは思えない。彼の高学歴はそれなりに作用したかも知れないが、軍隊というところは春洋のような人間には辛いところだったに違いない。

春畠に菜の葉荒びしほど過ぎて、おもかげに　師をさびしまむとす
つゝましく　面《オモ》わやつれてゐたまへば、さびしき日々の　思ほゆるかも

これら二首は昭和十九年四月、春洋を養子として入籍させるために訪ねてきた師の迢空が去っ

たあとの作品である。愛する人との逢瀬は幸福でも、その後が悲しい。ましてや、春洋が恐らくは帰って来られないことはお互いに予感していたであろう。「おもかげに師をさびしまむとす」が何とも切ない。二首目からは、いずれ来るはずの春洋の出征を憂えて、憔悴しきった迢空の様子と、自己の出征よりも、養父の憔悴を心配してやまない春洋の心が伝わってくる。

かくばかり　世界全土にすさまじきいくさの果ては　誰《タレ》か見るべき

この一首からは、大学教授として、恐らく当時の日本の平均的庶民よりははるかに国際情勢が見渡せていたと思われる春洋の絶望が伝わってくる。「世界全土のすさまじきいくさの果て」とは具体的には、ヨーロッパ戦線での状況などを想定していいであろう。断片的に伝えられたそのような情報から、春洋はいずれは日本もそのような、或いは更に壊滅的な終戦を迎えることを予測していたのかも知れない。当時は発表を躊躇われたのではないだろうか。そして「誰か見るべき」には、私は、春洋が、日本の壊滅的最後を見届けて、そこから不死鳥のように立ち上がる同胞の姿もまた予測していたと考えたい。

大君は　我をふたゝび召し給ふ。歩兵少尉の　かずならねども春洋が再度召集を受けたのは昭和十八年九月、三十七歳の時である。今でこそ三十七歳は働き盛りであるが、当時の三十七歳は、十分に壮年であり、決して「若者」ではなかった。しかも、大学教授であり、頑強だったとも思えない。そんな春洋を国家は戦場に送り込んだ。一応「歩兵少尉」という末端指揮官の資格を与えて。その無意味さは、誰よりも春洋自身が痛いほど判っていたことである。その気持ちは「かずならねども」に表現されている。香川進はこの一首について「戦いに出て征かねばならぬことへの緊張と覚悟が、静かな中にはげしい気迫をこめて歌われている」（中央公論者「日本の詩歌」昭和四十五年）と書いているが、私には緊張や覚悟よりも自嘲的なニュアンスが感じられてならない。

寒き夜を　兵隊ひとり呼び据《ス》ゑて、さびしけれども　親の訃《フ》を告ぐ
戦ひにたゝしめし子を　いきの緒《ヲ》に頼みし親は、死にゝけむかも

親の訃報を部下の兵隊に告げたときの作品である。部下の兵隊の悲しみを思い遣る気持ちと同時に、恐らくは老後を託すつもりであったであろうその子を戦場に送ったまま死んでいった親の無念さをも思っている。春洋はあくまで人間的な将校だったに違いない。

通夜明けの　軒にとゞきて積む雪の　暗きに向きて、疲れゐにけり

一握りの土をこぼしぬ。み柩のこの老い母に　せしこともなし

昭和十五年の作品である。母が亡くなったこの年の冬は能登でも稀な大雪だったという。私はこの歌集を読みながら、折口春洋の死は一体何だったのだろうかと改めて思わざるを得なかった。

「あな」考　葛原妙子作品を中心に

このところ、『葛原妙子全歌集』を繰返し読んでいる。読む度に新たな発見があり、作歌意欲が刺激される歌集であるが、読み終わるごとに、いつも私の脳裏をいつまでも飛び交って止まない言葉が一つある。それは「あな」という言葉である。葛原の作品はその文体の特異性もさることながら、語彙の面でも極めて特異な印象を受ける。その代表が「あな」である。他に「すなはち」という言葉も葛原の歌集には頻出するが、その頻度が（数えてはいないが、多分）「あな」程ではないことと、並びに「すなはち」が現在でも主として書き言葉の世界では日常的に使用される言葉であるのに対して、「あな」は現在の日常生活ではまず発せられることがない、いわば死語であり詩語でもあるという理由から、「あな」は私を含む読者の心に強烈な印象を与えるようだ。

それにしても、この「あな」という言葉は不思議な言葉である。手元の辞書を引いてみても、「喜怒哀楽を感じて思わず発する声」（広辞苑）、「感嘆の声」（新明解国語辞典）、「（感動の自然の声から生じた語）強い感動を現す」（新選古語辞典）などごく簡単にしか説明されていないが、これらの簡単な記述から分かることは、「あな」は音それ自体には意味がなく、感動が強い時にほとんど生理的に発せられる音声だということである。品詞的には「感動詞」に分類されるようだ。それと、この「あな」は「あなかしこ」「あなさびし」などのように通常、形容詞の語幹の前に置かれ、連語を成すとも書かれている。

この「あな」を葛原作品に即して具体的に見ていきたい。

築城はあなさびし　もえ上がる焔のかたちをえらびぬ　『原牛』

葛原の作品の中で比較的引用されることの多い作品であり、私も好きな作品の一つである。いかにも葛原らしい文体である。まず、字数を数えてみると、五・五・五・八・四である。「さびし」の後の一字空けは、例えば「さびしもよ」の「もよ」が省略されているとも考えられるので、ここに二拍の空白を入れて読めば、上句は五・七（五＋二）・五と定形になる。下句は音数の計は確かに十二であるが、八・四のリズムは定形からはいかんともしがたい逸脱の感がある。仮に「築城はあなさびし」までが上句と読めば、二句の字足らずプラス三句欠落となって、下句が「もえ上がる焔のかたちをえらびぬ」と字余りではあるが定形に近くなる。それでも三句はまるまる欠落している。葛原作品の場合、いつもこの定形からの戦略的意識的逸脱が読者に強烈な印象を与える。

この作品は「本丸にとほき郭公きこえをりこつ然とわれはいづこを歩める」で始まる一連の中の一首であり、この作品の前に「ひとつの城ひとつの峯とむかへるに津軽のひろ野ま青《さを》なりしなり」という作品もあるので、モデルは弘前城であろう。形式の奇異さに比べれば、意味としては特に難しいことはない。城の天守閣の反り返った甍は、確かに火災の姿を彷彿とさせる。まさか城郭設計者は落城を想定してそのデザインを決定したわけではないだろうが、数百年後の現代人から見ると、その姿は明らかに悲劇的な落城の火焔を連想させる。折れ矢を鎧に突き立てながら、元結が切れてザンバラ髪の悲壮な表情の武者の立ち姿、その武者に迫る紅蓮の炎さえ脳裏に浮かぶ。葛原もその時、あきらかに城郭が炎上する幻視をしたに違いない。それにしても葛原以前の誰が焔と天守閣のアナロジー（「あな」考の駄洒落ではないが）に気づいたであろうか。

　ここで注意を引くのが「あな」の役割である。ここでは「さびし」という形容詞の語幹と結合して「あなさびし」という連語の形になっているが、読者の意識ではやはり「あな！」と、ここで一旦切りたい気がする。「築城は」とやや唐突に入り、城郭を見た時の驚きを一旦「あな」という思わず発せられた感動詞で受け、更に、その驚きの内容を自ら「さびし」と分析して、その後の二拍の空白で作者は内部でその感動を醸している。下句の「もえ上がる焔のかたちをえらびぬ」はその感動を分析して結果を、状況説明として読者に提示しているのである。そう考えると、この「あな」は一旦ここで意識を断絶させ、断絶した意識を作者の心の内部深く沈潜させる舵の役割を担っているようだ。潜水艦はバラスト・タンクへの注水と潜舵の操作によって潜行するが、短歌の中の「あな」は読者の意識を一旦深く沈潜させる潜舵のような役割を果たしているのである。「あな」に似た感動詞として「ああ」があるが、『原牛』に「ああ」を使った作品もある。

星と星かち合ふこがらし　ああ日本はするどき深夜

上句は魅力的である。晴れた夜の木枯しに吹かれて星同士が夜空で衝突するという。この上句は葛原の幻想であり、上句が現実の認識の提示となっている。ここで、先ほどの築城の作品の「あな」を他の感動詞、例えばこの「ああ」で置き換えてみたらどうであろうか。「築城はああさびし」となり、意味はほとんど変わらないといえるだろうが、これではいかにも間延びして、あの葛原ならではの鋭い韻律の切れが失われる。加えて、「ああ」では意識はフラットに推移するだけで、内部に深く沈潜していかないことに気が付く。

雲の運動美しければあなしづか木の幹のごときかなしみ立てり　　『葡萄木立』

「木の幹のごときかなしみ」は一体どこに立っているのであろうか、解釈に少し戸惑う作品である。私はこの「木の幹」は完全な喩であり、「木の幹」を見たときに感じる程の悲しみが作者の心の中の原野に立っていると取るのが順当であろうと思う。あるいは、その悲しみを形象化して、悲しみが木の幹の姿をして心の中の原野に立っていると考えてもいいかも知れない。この「あな」も「しづか」と連結して、意識の堰き止め、感覚の沈潜化を促している。尚、ここでは「木の幹」＝「かなしい」という定理が作者の中に成立していて、その定理を読者がどこまで共有できるかが作品の価値を決定していると思う。

雪に嵌りし車のタイヤ空轉す　あな雪降れる微明のかなた　『葡萄木立』

初句七音の作品である。前述のように「あな」は通常、形容詞の語幹の前に置かれて連語を成すが、ここでは形容詞の語幹を伴わず、単独の感動詞として使われている。先ほどの「築城」の歌では「あなさびし」となって、「さびしい」という心の状態の度合いを強調しているが、この「雪に嵌りし」の歌では「あな」は単独で置かれている。「降れる微明のかなた」という状況全体に感動しているとも考えられるが、「あな」の次の「さびし」が省略されていると考えると納得がいく。

あなとつじよわれをよぎりし戰慄は米なく鹽なきゆゑにあらざり　『葡萄木立』

これも不思議な歌である。自分を突然よぎった戦慄、それは米や塩がないからではないという。

そのような実生活レベルの戦慄ではなく、もっと精神的な形而上学的な戦慄であると言っている。角度を変えて見れば、この作品は反語的に、今晩の米や塩がないということは一般的には戦慄すべき事態である。（但し、自分は違うが）とも言っているのである。それはともかくとして、ここでは「あな」は「とつじよ」という唐突さに対する感嘆として現れている。何の予感も前触れもなく、自分の脳裏を戦慄がよぎった。その唐突さが葛原をして「あな」と無意識の言葉を発語せしめたと言うべきか。「とつじよ」は形容詞語幹ではないが、ここでは「あな」と連語になって、葛原妙子という稀代の歌人の常人とは違う独特の精神世界への入り口を指し示している。

わが家の一間に家びと充ちをりてあなさびし晴れし日曜日ある　『葡萄木立』

日曜日の家の一間（居間であろうか）に家族がみんな集っていると言う。ここでも、常識的にはそれは淋しいと感じる光景ではない。日曜日なのに、家族のみんなが自分の部屋に引き籠もっている状態こそが淋しいのであって、家族が一間に集って、多分それぞれにくつろいでいる状態は、たとえそこに会話がなかったとしても、家族の親密さと幸福が満ち満ちているはずである。しかし、葛原は読者の予測を裏切って、敢えて「あなさびし」と言った。「あな」と言って、そのまま「さびし」と受けて、このような場面で常人が抱く感情とはおよそかけ離れた世界に雪崩れ込んでくる。

こうしてみていくと、先の「米なく鹽なき」がそうであったように、この「わが家の一間」でも、葛原は日常的な常識、小市民的生活者としての安堵感を自ら拒否し、非日常的・非現実的な世界に憧憬を抱いているように思える。そして、現実世界から非現実世界（精神世界）へ一挙にワープする入り口がこの「あな」なのである。

もう少し「あな」の用例を見ていきたい。

硝子戸を閉《さ》すべくのぼりし二階よりあな美しき空地はみゆ　『朱霊』

これもまた妙な作品である。結句が「空地はみゆ」と六音で終っている。通常、字余りはあまり気にならないが、字足らずはとても気になる。この場合も、「空地はみゆる」と連体止めにすれば定形に納まってとても落ち着く。安易な連体止めに賛成するわけではないが、この場合は、字足らずで終るよりは「みゆる」とする方がよかろうと思う。しかし、敢えてここで葛原は意識的に形式の美しさを破壊した。葛原ならではの美学である。葛原の文体についての論考はまた別に譲るとして、ここでは「あな」の機能について考えてみたい。夕方になったので硝子戸を閉めようとして二階に上がったら、たまたま美しい空地が見えたというのである。美しいというのはどういう空地なのであろうか。単にきれいに掃除されているということではあるまい。もう少し何か葛原の心の琴線に触れたものがあったはずである。家並みの中に唐突にある空間、その空白であること自体に葛原は美を感じたのであろうか。それはともかく、普通の感覚では空地を美しいと感じる人はいないと思う。常人と違う葛原の鋭利な感覚はここでも「あな」という感動詞を通して、現実世界から独自の精神世界へ飛躍している。

さびしあな神は虚空の右よりにあらはるるとふかき消ゆるとふ　　『朱霊』

繰り返し述べるが、通常「あな」は形容詞の語幹を伴って連語を成す。従って「さびし」と結合する場合は「あなさびし」となるはずであるが、ここでは逆に「さびしあな」となっている。どうして「あなさびし」ではなくて「さびしあな」としたのか判断がつきかねるが、誰かが「神様は現れる時に空の右寄りに現れる。そして、消える時も空の右寄りから消える」いうような趣旨のことを言ったのであろう。下句の対句表現が快い。それを聞いた葛原は、さびしいことだと思ったと言う。神が果たして空の右寄りから現れたり消えたりするのか、また、それが果たしてさびしいことかどうか、これは葛原以外の誰にもわからないであろうが、ここでも葛原は「あな」を媒介にして、「さびし」という自己の精神世界へ飛躍している。

石像の羽なりながらあなさびしふさふさと負へる天使の羽　　『朱霊』

葛原の作品世界において、「あな」が現実世界から彼女の独自の精神世界へ飛躍するための入り口というか、スプリング・ボードのような役割を果たしていることは、例を挙げていけばきりがない。この作品でもそのようなことが言えるであろう。しかし、ここでは別の視点から「あな」の機能を考えてみたい。石像の天使、西欧世界でよく見る造形である。当然、羽根も石で彫られていて、常識的には「ふさふさ」という形容は難しいと思うが、敢えて、葛原はそう言い切り、更に、その印象を「さびし」と表現した。リズムの上では「あなさびし」で一旦切れている。このリズム上の切れ目はまた作者及び読者の意識の切れ目でもある。言い換えれば、作者の意識が一旦ここで堰き止められて、その後、堰を溢れ出た意識が一挙に「ふさふさと負へる天使の羽」という意表を突く表現として迸り、読者はその作者の感情の飛躍を追体験することになる。

ゆふぐれにおもへる鶴のくちばしはあなかすかなる芹のにほひす　『朱霊』

「おもへる」であるから、作者は鶴を目の前にしているわけではない。脳裏に思い浮かべているだけである。「鶴のくちばし」以下が「おもへる」の対象である。その脳裏に思い浮かべた鶴の嘴が芹の匂いがしているという。よく葛原は「幻視の歌人」と言われるが、嗅覚まで幻覚するのである。ここでも「あな」は現実世界から精神世界への入り口の役割を果たしている。リズムの上では「くちばしは」で一旦切れるが、意識の上では直ぐその後の「あな」でもう一度切れているように思える。この「あな」は形容詞の語幹に付いているのではない。独立して感嘆の気持ちを表わすのに使われており、仮にこの「あな」を削除しても意味としては全く変りはないが、ここに「あな」を置くことで、作者の意識は一旦堰き止められ、その後に「芹のにおひ」というこれまた意表を突く表現となって迸る。

曇るみづ曇れる天とけぢめ無し　あなおほいなる氾濫とみゆ　『朱霊』

「みづ」は海であろうか、それとも湖であろうか。川ではないと思うが、その水が灰色の空と同色であり、境界が見定め難いという。そして、曇り日に連続して見える空と水は「おほいなる氾濫」として葛原を当惑させる。その感覚が一旦「あな」で堰き止められて、堰き止められた水が堰を越えて溢れるように、次の瞬間に溢れ出て「おほいなる氾濫」という認識となって表現されるのである。

このように葛原作品における「あな」は作者の（そして読者の）意識を一旦そこで堰き止めて、次の瞬間、溜まった感情を一挙に放出させる「堰」としての機能も果たしている。

夏至の火の暗きに麦粥を焚きをればあなあはれあな蜜のにほいす　『鷹の井戸』

この作品では「あなあはれあな」と感動詞が三つも重ねられている。夏至の日に粥を炊く火の暗さがなぜ蜜の匂いがするのか、これも多分葛原以外には（或いは葛原自身にも）うまく説明できないだろうが、この感動詞の三重連はリズムが心地よく、且つ印象深い。印象深いが多少くどい気もする。意味の上からはここまで重ねる必要があったのだろうか。後の「あな」はなくても一首の感動にはそれほど影響しないと思う。これを削れば韻律の上から字足らずとなるが、その方が葛原らしいとも言えよう。感動詞は繰り返してもその分効果を増進させるということにはならないようだ。一滴で効果を発揮するスパイスなのである。

＊

ところで「あな」は何も葛原妙子の専売特許ではない。斎藤茂吉にも、葛原ほどではないにしろ、「あな」は頻出する。

あなうま粥強飯《かゆかたいひ》を食《を》すなべに細りし息《いき》の太《ふと》りゆくかも　『赤光』

明治四十二年の作で、茂吉が病気から回復した時の歌である。体調がよくなって粥や強飯（赤飯ではなくて、普通のご飯であろう）を食べることが出来るようになった。摂取した炭水化物が消化、吸収され、エネルギーとなって体力が付き、吐く息も太くなったように思える、というような意味であろう、初句は「あなうま」で切れる。「あなうま粥」とまで初句で読んでしまうと、第二句が「強飯を」と五音になってしまうので、ここは初句を「あなうま」と四音で読まざるを得ない。ここでの「あな」は「うまい」という形容詞の語幹「うま」と結合して「あなうま」となっている。葛原ばりに字足らずであるのが面白い。ここでも「あな」は初句に置かれており、「うま」と一体化して一旦意識とリズムを堰き止めている。特に、ここは字足らずであり、いわば「あなうま○」というように、○のところが無言の一拍が置かれていると考えると、更に意識とリズムを堰き止める効果を増幅していると理解されえる。

しんしんと雪ふりし夜にその指《ゆび》のあな冷《つめ》たよと言ひて寄りしか　『赤光』

「おひろ」の中の有名な一首である。しんしんと雪の降る夜に少女の手を握りながら、その指の冷たさを「あな」と感嘆しているのである。その時、茂吉は心の底からおひろを愛しいと思ったのだろう。ここでは「あな」は形容詞「冷たい」の語幹「冷た」と連結して「あな冷た」となり、それに終助詞「よ」が付いた形になっている。この「あな」こそ、まさに図らないで自然に発語された言葉、というよりも、おひろ愛しさの余り感極まって出てきたため息といった印象を受ける。

母が目をしまし離《か》れ来て目守《まも》りたりあな悲しもよ蚕《かふこ》のねむり　『赤光』

「死にたまふ母」の中の一首である。この作品の後に有名な「我《わ》が母よ死にたまひゆく我《わ》が母よ我《わ》を生《う》まし乳足《ちた》らひし母よ」「のど赤き玄鳥《つばくらめ》ふたつ屋梁《はり》にゐて足乳根《たらちね》の母は死にたまふなり」という絶唱が続く。この作品は臨終直前の母の看取りに疲れ、一人で母の枕元を離れて、しばしの休息を取りに蚕室へ行ったという作品である。この「あな」は形容詞「悲し」に、更に間投詞「も」と「よ」が接続した助詞「もよ」を伴って、これでもかというように調子を整えている。この「あな悲しもよ」を入れることで、死んでいく母と、それとは全く違う次元の世界かのように無心に眠っている蚕の対比を読者に鮮やかに指し示している。単純に言えばそれは生と死の対比であろう。その蚕の生を「あな悲しもよ」と詠嘆することで、その対極にある死の方はこの上なくその悲劇性を増幅させる。鮮やかな技法である。そしてここでもやはり「あな」は一旦作者（そして読者）の意識を堰き止め、次に来る「悲しもよ」という主観を一挙に溢れさせ、結果として一首の立体性を際立たせている。

*

以上、葛原妙子と斎藤茂吉の作品を手掛かりに「あな」という感動詞の機能を考えてきた。纏めれば、「あな」はここで作者の意識とリズムを一旦堰き止めることで、別の次元の世界への精神飛躍を可能にするスプリング・ボードとして機能する。また、そこで堰き止められた感情は次に一挙に迸ることになり、一首の立体性を生み出す。それはあたかも川の中に設けられた堰のようである。また、別の例え方をすれば、地殻のプレートが別のプレートの下にもぐりこみ、そのズレが回復しようとする力が地震のエネルギーとなって放出されるように、「あな」は一旦そこで堰き止められた意識やリズムが下降、沈潜し、次に元に戻ろうとする力が、その後に置かれた言葉と弾け合うことによって大きなエネルギーを生み出しているとみることができる。

また、この「あな」は通常、形容詞の語幹と連結するという特徴も関係しているようだ。日常の言語生活で形容詞が語幹だけで使われるということは珍しい。活用語尾を切り捨てることで、その形容詞は文中で非日常的な地位を得る。言い換えれば、懸垂感とでも言うか、一旦、行き先を失ったような戸惑いを覚える。その結果、否応なしに、ここで意識、リズムは一旦堰き止められる。活用語尾を失った形容詞のその特殊な機能を保証するものが「あな」なのである。

「あな」以外の感動詞としては先ほどの「ああ」の他に、「あはれ」「おや」などが挙げられる。辞書的には「はい」「いな」などの応答の言葉も感動詞に含められているが、応答や呼び掛けの言葉はここでは考えないことにする。

あはれあはれ電《でん》のごとくにひらめきてわが子等《こら》すらをにくむことあり　『白桃』

茂吉のこの「あはれあはれ」の作品は、茂吉という人格の不可思議さを論じる際によく引用されるが、これは「あはれ」という感動詞を重ねたものであるから、単独の「あはれ」で検討したい。「あな」に比較すると、これも語としての独立性が強い。また、この「あはれ」は感動詞であると同時に「あわれを誘う」というように名詞的に使われたり、助動詞「なり」がついて、「あはれなり」となり、形容動詞的に使われたりしている。

感極まった時に「ああ」や「あはれ」が自然に発語されるのに対し、古代にあっても多分「あな」は単独に発語されることはなかったのではないだろうか。「あなかなし」などという形容詞語幹との連語の形のみ表現されるとすれば、この分だけ理性或いは認識のようなものが入り込んでしまい、自然に且つ生理的に発語される感動詞としての性質は減滅される。しかし、そのことは短歌に取り入れる時に必ずしも欠点とは言えないと思う。葛原が「あな」を多用してその表現に深い陰影を生んだように、「あな」の特殊性を逆手にとって、それに続く言葉との間に襞を畳み込み、一首に立体感を与えることができる。

ただ、葛原の場合は特殊な例として、我々、現代に歌を作るものとしては、この「あな」はいかにも使い勝手が悪い。時には一首の中に「あな」と入っているだけで読者に拒否反応を起こさせるかも知れない。自分がコンクールなどの選をする場合も「あな」が入っていれば思わずそれだけで敬遠してしまいそうな気がする。しかし、葛原の例で見てきたように、この「あな」は他の感動詞には見られない効果を持つ。我々はこの「あな」を現代に再生できるか、出来るとすればどのように、出来ないとすれば、それに代る、或いはそれに匹敵する感動詞を現代短歌は獲得できるのか。検討に値する課題だと思う。

短歌では何を歌うかというのは重要な問題ではあるが、同時に、どう歌うかというのもそれに劣らず重要な問題である。作者の感動を正確に且つ効果的に読者に伝えるためにはどうしたらいいのかということに歌人はみな腐心している。折角得た深い感動を読者に対し、作者が得たのと同じ程度に、あわよくばそれ以上に伝わるような表現は何か、全ての歌人がそのことに骨肉を削るような思いで取り組んでいる。そのためには「あな」に代表されるような表現のディテールに拘ることを忘れてはいけないと思う。ある意味では、短歌とはそのような表現のディテールに拘ることで成立している詩型だと私は信じている。

ヨルダン河の彼方

仕事でイスラエルへは何度も行った。空路のこともあったが、あの世界に名だたる極限のセキュリティ・チェックには辟易して、隣国ヨルダンから陸路入ることが多かった。アンマンから西に一時間ほど走ると、左側に死海を望んで、更に少し走るとヨルダン側の入国事務所に着く。そこで出国手続きを済ませ、バスに数分乗るとヨルダン川に着く。意外と小さな川である。本当はもっと大河だったのだが、上流で取水するので、この辺りでは水量は少ない。川に掛かる小さな橋が近代中東史上有名なアレンビー橋で、川の中心線がヨルダン・イスラエル（正確にはイスラエル占領下のパレスチナ）の国境である。橋を渡り終えるとまたバスに乗ってイスラエル側の入出国管理事務所に着く。両国入出国事務所の間の緩衝地帯の左右は地雷原だという。

岡部桂一郎の第一歌集『緑の墓』（昭和三十一年）の中の最初の方にある一首、

まさびしきヨルダン河の遠方《おち》にして光のぼれとささやきの声

を読みながら、そんなことを思い出していた。それにしてもこの一首、不思議な歌である。「ヨルダン河の遠方」とは何処だろうか。河の西側から見れば死海やアンマンが想定されるが、多分、東側から見たヨルダン河の向う、例えばエルサレムなどであろう。この作品の少し前に「黄昏《たそがれ》の薄明にして処女マリアに眼《まなこ》つぶりておとめ寄りゆく」があるので、やはり岡部の心にあるのはキリスト教的なイメージだと思う。この作品の次に「霧ふかき坂あえぎくる女ありリュックに似るは人間の子にて」もマリアのイメージである。それにしても、岡部はなぜ突然、多分見たこともないヨルダン河など思い出したのであろうか。

岡部桂一郎という人には一度だけあったことがある。平成七年七月、私が所属している超結社の研究会「十月会」で外部講師として招いた。資料にはその時のテーマとして〝「工人」「泥」「寒暑」を中心に〟とあるが、正直言って、どのような話だったかよく覚えていない。ただ、岡部が持参した今にも破れそうな黄ばんだ古い「工人」だったか「泥」だったかが回覧されたことを覚えている。少しシャイな人という印象だったが、同時に孤高の歌人とも思った。

『緑の墓』は短歌史的には近藤芳美の『埃吹く町』や大野誠夫の『薔薇祭』などと並んで戦後風俗を描いた歌集と位置付けられるのであろう（但し、年代的にはそれらより多少遅いが）。確かに次のような作品にはそのような傾向が強い。

夜の潮重々と河口に迫るとき両岸に焼けしビルは口あく

宵々をダンスに集《つど》うおとめらの清き叫びの高くなるころ

また、次のような作品から、「肉体派」のレッテルをも貼られているようだ。

ゆらゆらと蠟燭の火のまたたける夜の鏡に乳房近づく
うちむかうベアトリーチェにあらなくに陰《ほと》の柔毛《にこげ》とわが暗き影と

実は私もそのような先入観を持ちながら『緑の墓』を読んでみた。彼の初期の作品は引用されたものを断片的に読んでいただけで、私にとって岡部の初期歌集を通して読むのはこれが初めてであった。歌壇の一部でのその高い評価にも拘わらず、意外と岡部の初期の歌集は読まれていないようだ。それは一つには初期の歌集をもう殆ど目にする機会がないということがあり、もう一つには、同人誌活動のあと、長く無所属であるためであろう。しかし、実際のところは彼の作品が判り難いことも広範な読者を獲得し難い一因ではないだろうかと思う。取り敢えず「戦後派」とか「肉体派」とかのレッテルを貼って整理しては見るが、実のところ岡部桂一郎の作品は極めて難解なのである。例えば、次のような作品はどうだろう。

ただれたる没り日の空に梯子たてり黄色人のわれは恐れて

冷えびえと壺のうしろに透明なる吾は影せり永遠《とわ》の影せり
夜ふけてひとりの蚊帳を吊りにたつ遠きいにしえになき罪ひとつ

一首目、「ただれたる没り日の空」に立つ「梯子」とはなんであろうか。夕暮れに樹木に立てられた実景としての梯子なのだろうか。それとも、「黄色人」と言っているのだから、聖書に出てくる「ヤコブの梯子」なのだろうか。それを恐れるということはどういうことなのだろうか。二首目、何故、壺のうしろに吾は透明なのだろうか。三首目、「遠きいにしえになき罪」とは何なのだろうか。文脈からは蚊帳を吊る行為とも解されるが、それが「罪」とは理解し難い。やはり、蚊帳を吊りながら「遠きいにしえになき罪」のひとつを思ったと読むべきであろうが、それは一体何なのだろうか。言葉が解らないのではない。レトリックにも特に特殊なものはない。それなのに私はこれらの作品の前に途方に暮れてしまう。解らないといえば『緑の墓』という歌集名も解らない。集中にこの言葉は出てこないし、「後記」でも触れられていない。
第二歌集『木星』（昭和四十四年）でも同様の印象を受ける。

業おえて歩道にあふる人群れに黒人の兵まぎれゆきたり
内部くらき物体にして重々と二つの乳房ゆれつつぞ来る

「黒人の兵」はまだ占領下にあった昭和二十年代の日本において白人兵とはまた違う意味合いで、時代的存在だったにちがいない。二首目は女性の人格がごっそり抜け落ちて、ただ乳房だけが内部暗くゆれている「物質」として歌われている。戦後風俗の歌であり、肉体強調の歌である。岡部に貼られた「風俗派」「肉体派」というレッテルもあながち百パーセント誤りでもなかろうが、それだけに囚われてしまってはやはり岡部桂一郎という歌人を見誤ることになるような気がする。私はもう少し岡部の不可解な部分に拘っていきたい。なぜ岡部の作品は平明な表現にも拘わらず、完全に理解できないもどかしさがあるのだろうか。多分、引用歌の中の世界はどれも実景のように見えて実景ではない。究極のところこれらの梯子や壺や蚊帳は観念であり、虚構なのである。岡部の作品には風俗的な要素を取り込みながらも、観念や虚構といった世界を構築することで物の本質に迫ろうとする意志がある。それ以上のことは私には分からない。そこから何が出てくるのか。それは、恐らく、岡部自身にも分からないのではないだろうか。岡部の場合は、何かのために歌を作るという姿勢ではない。予定調和的文脈を超えた向うにあるはずの何か存在の真実のようなものを模索しているのではないだろうか。

最初に挙げたヨルダン河の歌に戻ってみたい。ヨルダン河とは岡部にとって短歌形式そのものの象徴であり、その彼方に昇る光は「存在の真実」の喩なのかも知れない。そう解釈すると初句の「まさびしき」が何とも悲しい。

「アララギ」転機の歌集

『栜蔭集』は赤彦死後に発行された歌集である。因みに「栜」は「柿」の異字体であり、赤彦の住まいが「栜蔭山房」と称されていたことに因む。下諏訪のその辺りは古くから柿の木が多かったためと言われている。

編集したのは藤澤古實である。古實は「アララギ」発行所に起居し、土田耕平らと共に赤彦を助けて、「アララギ」刊行の事務を行う傍ら、作歌にも励んだ。赤彦が没する時に枕辺に侍った人でもある。その意味で赤彦の遺歌集を編むには最適の人であった。

古實の「編輯小記」によれば、同書は大正十三年十一月発行の『太虚集』以降に発表された短歌の全部と、発表されないで半切などに書いて人に贈られたもの等を合わせ三百九首が収められている。章立ては、「大正十三年」「大正十四年」「大正十五年」と年別になっており、それぞれの中で更に分けられている。

歌われている素材は多岐にわたるが、一つには「アララギ」の交友関係に関わるものである。

行く春の光惜《を》しけれ年老いし母に随《したが》ひてまた遊ばめや
数《かず》ならぬ我さへ共に行かましき一つの道に君を立たしむ
ちちのみの父いまさざる故郷《ふるさと》を遠思《とほおも》ひつつ船出《ふなで》せりけむ
霜白き出雲の道よわが君の咽喉《のみど》に沁みて冷えわたりけむ
和泉《いづみ》なる堺の浦にわが君と水を浴みしは三十年《みそとせ》の昔

小題や詞書から、一首目は平福百穂の母、二首目は伝田青磁、三首目は斎藤茂吉、四首目は長塚節、五首目は河井酔茗であることが判る。特に三首目は大正十四年に茂吉が欧州留学から帰国する際のことを、四首目は節の喉頭結核を歌っている。このような濃厚な交友関係はこの時期の「アララギ」に顕著な傾向であり、現代ではあまり見られないであろう。お互いに切磋琢磨しつつも深い友情に結ばれて、新しい時代の新しい短歌の世界を切り開いていこうとする当時の歌人たちの気概が伝わってくる。

いで湯湧く岩を枕《まく》らぎ思ふことありとしもなく我は思ふも
雪のこる山をかぞふれば五つありいで湯の里に夕著《つ》きにけり
湯の窓に下《くだ》るかと思ふ雲疾《はや》し赤岳山ゆただに垂《た》り来《こ》し

羇旅の歌も多いが、大半が温泉への旅行である。当時は、行楽と言えば先ずは温泉だったのであろう。ただ、赤彦の場合は既に体調の不調を自覚していたはずであろうから、療養という意味合いが強かったと思われる。一首目は伊豆の船原温泉、二首目は信州野沢温泉、三首目は八ヶ岳の赤岳温泉で、概ね、関東甲信越の温泉である。赤彦はこれらの温泉に浸かりながら周囲の山々を見渡して、様々なことを思ったに違いない。

みづうみの氷をわりて獲《え》し魚を日ごとに食らふ命生《い》きむため
もろもろの人ら集りてうち臥《こや》す我の体《からだ》を撫で給ひけり
隣室に書《ふみ》よむ子らの声きけば心に沁みて生《い》きたかりけり

赤彦の全歌集に於けるこの歌集の位置づけは、最後の歌集であり、遺歌集であるということである。歌集最後の「大正十五年」の章は、「恙ありて一」という小題から始まり、引用一首目はそこに含まれる。衰えた体を養うために、栄養を摂っているのである。結句に生への執着が感じられる。二首目、赤彦の友人、弟子達が見舞いに訪れ、恐らくは痩せ細った赤彦の体を撫でるという。集まった人達は、最悪の事態がもはや時間の問題であることを暗黙のうちに感じながら撫でたことであろう。三首目、有名な一首であるが、下句が哀切である。

箸をもて我妻《あづま》は我を育《はぐく》めり仔《こ》とりの如く口開《あ》く吾は
たまさかに吾を離れて妻子らは茶をのみ合へよ心休めに
我が家の犬はいづこにゆきぬらむ今宵も思ひいでて眠れる

歌集最後の三首である。それぞれ「三月十五日」「三月十六日」「三月二十一日」と日付が付されている。そして赤彦はその月の二十七日に息を引き取った。大正十五年のことである。享年五十一歳。最晩期のこれらの作品には、もはや生への執着はなく、家族や愛犬への思いやりに満ちている。その年の暮れ近く大正天皇が崩御して、時代は昭和になった。

赤彦の死は大正期の終りという時代の区切りであると共に、「アララギ」の転機を告げるものであった。その後「アララギ」は齋藤茂吉、土屋文明が指導するところとなり、二十世紀の末近くまで存続した。

牛飼いの歌

少年少女時代に『野菊の墓』という小説を読んだ人は多いと思う。何度か映画化もされて、ヒロインの民子を山口百恵や松田聖子のようなその時々のアイドルが演じた。あらすじは次の通りである。時代は明治時代、舞台は現在の千葉県松戸市矢切、小学校を卒業したばかりの政夫は病気の母と一緒に暮していたが、その家を手伝うために政夫より二つ年上の従姉の民子がやってくる。やがて二人の間に浮かんだ淡い恋心を心配した大人たちによって離別を強いられる。民子は無理やり結婚させられ、流産が原因で亡くなる。悲しんだ政夫は民子のお墓の周りに民子が好きだった菊を植え、やがてお墓の周りは菊の花で一杯になる。

この小説を書いた人が伊藤左千夫である。小説と映画が有名になったので、左千夫のことを小説家と思っている人が多いと思うが、主として歌人として活躍した人である。現在、矢切の江戸川の近くに「野菊の墓文学碑」があるが、その碑文は左千夫の歌の弟子にあたる土屋文明が書いている。

伊藤左千夫は一八六四（元治元年）上総国武射郡殿台村（現在の千葉県山武市）に農業を営む父・良作、母・なつの四男として生まれた。本名は幸次郎である。小学校終了後、塾で漢詩や漢文を学び、その後、明治法律学校（現在の明治大学）に入学するが眼疾を患い中退する。一八八五（明治十八）年には実業家を志して、東京や横浜の牛乳店や牧場で働いた後、東京郊外で牛乳搾乳販売業を開業した。現在、ＪＲ錦糸町駅前に「伊藤左千夫牧舎兼住居跡・歌碑」が建っている。牛乳業を始めたのは、もちろん生活のためもあるだろうが、短歌の為にも働くということが大切だと考えたのであろう。それにしても、この時代にいちはやく牛乳に着目した左千夫の先見性に驚く。富国強兵を図る明治政府は強い兵隊を育成するために国民に栄養価の高い牛乳を奨励したが、まだ牛乳を飲む習慣のなかった江戸時代の人が沢山生きている時代であった。それでも一部の都市住民は牛乳を飲み始め、左千夫の事業はそれなりに軌道に乗った。一九〇〇（明治三十三）年に左千夫は正岡子規の門下に入り、牛乳業を営む傍ら作歌に励み、子規の没後は根岸短歌会の機関紙「馬酔木《あしび》」を創刊、作歌や同人の指導に努めた。

牛飼《うしかひ》が歌詠《うたよ》む時に世の中のあらたしき歌大《おほ》いに起《おこ》る
牛飼《うしかひ》の歌人《うたびと》左千夫がおもなりをじやぼんに似《に》ぬと誰《たれ》か云ひたる
『左千夫歌集』

一首目は左千夫の代表作の一つであるが、何という力強い決意に満ちた一首であろうか。明治初期までの和歌は古い形式的な因習に囚われていた。それを正岡子規や与謝野鉄幹らが近代日本に生きる人々の精神に相応しい内容に改革したのだ。それまでの和歌は貴族や僧侶、或いは武士や裕福な商人たちの嗜みであり、庶民が歌を詠むことなどは殆どなかった。でも、子規の薫陶を受けた左千夫は、牛飼いである自分のような者が短歌を詠むことによって、日本の短歌が新しくなる。これからはそんな短歌が日本中に湧き上がるのだと高らかに宣言したのだ。司馬遼太郎の小説に『坂の上の雲』という名作がある。以前、ＮＨＫでもドラマ化されたのでご覧になった人も多いと思う。明治期の青年たちにとって、近代日本の歩む道は目の前の坂のように思えたのだ。ただ上っていく以外にない。坂の上にぽっかりと浮かんだ雲を目指して上っていくのだが、坂を越えた先がどうなっているのか分からない。明治期の青年たちはそんなふうに近代化という坂をひたすら上った。司馬はそんな思いを込めて題名を付けたのだ。ドラマの主人公は秋山好古・真之兄弟のような軍人、そして正岡子規のような文学者たちであったが、左千夫はまさにその子規の弟子であった。一首目にはそんな明治期の青年の力強い言挙げが感じられる。二首目もやはり「牛飼」で始まるが、少しユーモラスな作品である。「じやぼん」とはザボンとか文旦とか呼ばれる柑橘類の一種で、果実は直径二十センチほど、重さも一キロほどもある。食用になるが、皮が厚く、酸味が特徴である。左千夫の写真を見ると、『野菊の墓』のようなロマンチックな小説を書いたとは思えないほど、いかつい顔をしていて、確かにザボンに似ている。誰かが左千夫の顔をそのザボンに似ていると言ったのだ。そう言った人も面白いが、その言葉をそのまま歌にしてしまった左千夫も茶目っ気がある。

牛《うし》の児《こ》に吾手《わがて》をやればしが乳房《ちぶさ》すするさまにし手をすするかも
搾《しぼ》りたる乳《ちち》飲ましむと吾来《わがく》れば慕《した》ひあがくもあはれ牛《うし》の児《こ》
児牛《こうし》らをませよ放《はな》てば尻尾《しりを》立て庭を輪《わ》なりにしばし飛《と》ぶかも
竪川《たてかは》に牛飼ふ家や楓萌《かへでも》え木蓮《もくれん》花咲き児牛《こうし》遊べり

左千夫はこのような子牛の歌も幾つか作っている。人間の子供も牛の子供も好きだったのであろう。いかつい顔に似合わず、ロマンチックな小説を書き、人間の子供や子牛を愛し、時代に挑戦する、伊藤左千夫とはそんな人だったようだ。

左千夫の連作論

「連作」とは「複数の作品を連ねることによって、単独作品では不可能な主題の展開をはかる作歌法」(『現代短歌大事典』)ということだが、この「連作」を初めて本格的に論じたのが伊藤左千夫である。左千夫は「再び歌之連作趣味を論ず」(一九〇二(明治三十五)年、「心の花」四月号)という文章の中で「連作」のことを次のように書いている。

余が所謂《いわゆる》連作の趣味と云ふのは、只同じ題の歌を数首並べたと云ふのではない、(略)。連作と一題十首は決して同じではない、連作には必ず連関がなければならぬ、趣味の中心がなければならぬ。只並べたのではない、

百年以上も前の文章で、「趣味」という言葉の意味が現在とは少し違うようだし、句読点の使い方も現在とは違うが出来るだけ原文通りに抜いてみた。ただ、旧字体は新字体にした。ここで

彼が強調しているのは「連作に連関がなければならぬ」という事である。現在では「関連」とでも言うべきところを「連関」と言っているが、同じ意味と考えていいだろう。彼が言いたかったことは、一つの題の作品を幾つか集めても「連作」とは言わない、作品と作品の間に関連性が無ければならないということである。言い換えれば、一首の作品が前の作品を受けて展開し、更にその作品が次の作品を引き出すというものである。

更に前述の文章の最後の方で、左千夫は次のように、連作の条件として箇条書きに六点挙げている。

（一）連作は必ず二個以上の材料（或いは主観或いは客観）を配合せる連関を有すること。
（二）連作は必ず位置と時間と共にまとまって居り余り散漫にならざること。
（三）純客観の連作はあるとも純主観の連作は成立しがたきこと。
（四）連作は必ず数首を連関すべき趣向あること。
（五）連作は必ず現在的なること（往時を追懐し後事を想像するとも必ず現在の事実に基づける感想ならざるべからざること）。
（六）陳列的ならずして必ず組織的ならざるべからさること。

左千夫は連作に関する文章をもう一つ書いており（「連作乃歌」明治三十六年四月『鵜川』）、

そこでは山吹を例にとって、庭の山吹、垣の山吹、水辺の山吹などの作品を集めても仕方がないという趣旨の事を述べ、「それが同じ庭にある山吹でも一寸《ちょっと》精細に観察して、垣根や出這入口にある山吹といふ事になると、一つの趣向に相成り候、此出這入口は種々なる人事を呼び起し、山吹との配合が極めて複雑なる思想を湧出し申候」と書いている。

ここでも左千夫は連作をただ同じ素材の作品を漫然と並べただけの群作と区別している。左千夫が理想とした連作とは、交響曲の楽章と楽章のように、作品が前後の作品と響き合い、主題が大きくうねりながら発展してゆく作品群なのだ。そして我々は一首だけでは伝え難い大きなテーマを連作という作り方で展開することが出来るのだ。連作の例として左千夫は万葉集を挙げているが、左千夫自身の作品から探してみたい。

雨の夜《よ》の牡丹《ぼたん》の花をなつかしみ灯《とも》し火《び》とりていでて見にけり
とも し火《び》のまおもに立《た》てる紅《くれなゐ》の牡丹のはなに雨かかる見ゆ
ふる雨にしとどぬれたるくれなゐの牡丹の花のおもふすあはれ
雨の夜の牡丹を見ると火をとりて庭におりたちぬれにけるかも
かぎろひの火を置き見れば紅《くれなゐ》の牡丹の花に露光《ひかり》あり
雨の夜をともす燈火《ともしび》おぼろげに見ゆる牡丹のくれなゐの花

「雨夜の牡丹」と題した六首である。ここでは「雨夜」と「牡丹」という二つの材料（素材）が配合され、「灯し火」（提灯だろうか）を持って庭に出たところから始まり、牡丹の花の傍に灯火を置いて観察するなど、場面が順々に展開している。また場面はある夜の庭で一貫していることなど「現在的」で、映画のワンシーンように連続していて「組織的」であるなど、左千夫の連作の条件を満たしている。百年以上も昔の「連作論」ではあるが、その本質は現在に至るまでもほとんど変わっていないだろう。

開会宣言

「歌人の横顔」というタイトルで、実作者ではなかった人を取り上げるのは少し違反かも知れないが、是非、冨士田元彦さんについて書いてみたい。

二十一年前、最初に入った結社から離れて、「塔」に入会した。それまでの作品は、一旦、歌集に纏めて全部「捨てて」しまい、「塔」では文字通り、ゼロから出発するつもりだった。「塔」ではまだ新入会員であり、それほど親しい人もいなかったが、超結社の研究グループである「十月会」でお世話になっていた高瀬一誌さんが、心配してくれて、雁書館へ連れて行ってくれた。

当時、雁書館は、神田神保町の学士会館の近くにあった。その頃私は、出版社と言えば、大きなビルの中で大勢の社員が忙しく働いているというイメージを持っていたので、古ぼけたビル（木造の建物だったかも知れない）の二階の、狭くて積み上げた本の束で足の踏み場もないような雁書館の事務所に驚いた。その中のこれまた古ぼけて、布地の角の方が破れてスプリングが飛び出ているようなソファに高瀬さんと並んで座った私に、にこやかに迎えてくれた社主の冨士田元彦さんは、開口一番、「ああ、あなたが三井修さんですか。前の結社誌でずっと注目していたのですが、突然お名前が消えてしまったので、どうしたのかなと思っていたのですよ。」と言った。度の強そうな黒縁の眼鏡を掛け、端正な面立ちに黒い顎鬚を蓄えた冨士田さんは、その時の私にとっては、前衛短歌運動の推進を支えた名編集者という、いわば伝説上の人物だったので、かちかちに緊張していたが、冨士田さんの応対は、私の緊張をやわらかく解きほぐしてくれた。この時の捨てるつもりで出した第一歌集『砂の詩学』が思いがけなく多くの人に読んでいただいたことは文字通り望外の喜びであった。

第二歌集『洪水伝説』も冨士田さんにお世話になった。雁書館での打ち合わせが終わると、装幀担当の小紋潤さんと三人でよく、神保町でお酒をご馳走になった。

もうひとつ冨士田さんの思い出で忘れられないことがある。藤田武さんのグループの人の歌集の批評会が千葉市内の藤田さんの息子さんが経営するイタリアンレストランで行われた時のことだった。私も招待されて出席したが、版元として冨士田さんも出席されていて、藤田武さんと並んで座り、他の出席者から「ダブル・フジタ」だと囃されて盛り上がっていた。考えてみれば、冨士田元彦さんも藤田武さんも、共に前衛短歌の推進に深く関わってきた二人であり、旧知の間柄だったのであろう。批評会が終わって、懇親会に入り、ワインの酔いが回ってくると、冨士田さんが隠し芸を披露し始めた。日本の古い映画俳優の台詞の物まねである。片岡千恵蔵、市川右太衛門、大河内伝次郎、等々。どれも呆れるほどよく似ていた。普段、編集者として接していた冨士田さんとは全く違う一面だった。因みに、冨士田さんは、短歌編集者である傍ら、映画評論家としても活躍しており、立教大学で非常勤講師として「映画論」を講じておられたはずであり、その分野の著書も何冊かある。しかし、その時の冨士田さんの声色で、何と言っても極め付けだったのは、俳優ではないが、昭和天皇の東京オリンピック開会宣言の物まねであった。いま、この文章を書くために、改めて調べてみたら、その時のお言葉は「第十八回近代オリンピアードを祝い、ここにオリンピック東京大会の開会を宣言します。」だったらしい。冨士田さんは、このお言葉を多分全く正確に、あの独特の口調でゆっくりと、少しくぐもったような声で発音した。それが実にあの昭和天皇の発声にそっくりであった。

その後、神保町駅と学士会館の間の一帯が再開発となり、雁書館が入っていた建物も無くなり、雁書館は西神田の方に移転した。私は「塔」会員の歌集出版の紹介等で、そこへも何度か伺ったが、やがて冨士田さんは、病に倒れて、雁書館は廃業となった。一度はお見舞いに行こうと思っていた矢先に、亡くなられたとの知らせを受けた。

「私にとって方代とは……親戚のオジサン」

短歌を始めた頃、山崎方代という名前を何かの雑誌で見た。名前からみててっきり「かたよ」さんという女性だと思い込んでいた。その数年後、その方代が亡くなったという記事を見て、始めて男性だと分かった。その時、先輩歌人たちがしきりに方代の作品のユニークさについて熱心に語っていたことを思いだす。

横浜・桜木町で行っているカルチャー教室で歌集『方代』を皆で半年かけて読んだことがあった。最初は皆さん、戸惑っていたようだったが、戦後の桜木町界隈の風俗を髣髴とさせる作品なども出てきて、皆さん、方代という人に関心を持ったようだった。歌集を読み終った後は、方代と親しかった大下一真さんから直接方代に関するお話なども伺うという機会も設けることができて、更に関心を深めたようだった。

私自身も、歌が作れない時、疲れてどうしようもない時などに方代の歌集を読み返すことが多い。真似をするためではない。そもそも方代の歌風は誰の模倣も許さないものである。私にとって方代の作品は、そこから作歌のヒントを得ようとするためではなく、無条件に癒されるためにある。無防備になってそこに安心して身を投げ出すことが出来る世界なのである。そんな不思議な力を方代は持っている。

小さい時、親戚の家に行くと、妙に可愛がってくれるオジサンがいた。オジサンと言っても、父や母の実の兄弟ではなく、その連れ合いである。血の繋がった叔父伯父ほど濃い関係ではない。かと言っていきずりに知り合った男性のようにその場限りの付き合いでもない。その家に遊びに行っても、顔を出したり、出さなかったりである。適切な距離を保ちながら、時々可愛がってくれる。時にはこっそりお小遣いをくれたり、外で何かを食べさせてくれるようなオジサンである。話をすれば聞いてくれるが、敢えて聞き出すこともしない。血の繋がった叔父さんなら、話した内容は、即、自分の親に筒抜けになってしまうが、オジサンの場合はそんなことはない。思い切り甘えられて、それを受け止めてくれる。何も話をしなくても、傍に居るだけで安心できる。こう書いてくると何だか恋人のようだが、案外オジサンと恋人は共通するものがあるのかも知れないとさえ思う。ある意味では極めて無責任な可愛がり方でもあろう。しかしながら、小さい子供にとってはそんな関係のオジサンが居てくれるということはとても幸せなことだと思う。

私にとって方代とはそんなオジサンのような気がする。結社の創始者、主宰、先輩のような直接の系譜に繋がらない。厳しく指導されることもない。お互いに切磋琢磨するという間柄でもない。でも、辛い時には遊びに行って、無条件に可愛がってくれる。そして十分に癒されたら、また自分の場所へ戻っていく。そんな存在が私にとっての方代ではないかと思う。

水野昌雄の叙情性について

最近、総合誌の依頼により水野昌雄の歌集評を書く機会があり、改めて同氏の歌集を読み直してみた。その時感じたのは、水野の作品の、意外と言っては失礼になろうが、瑞々しい叙情性である。その総合誌では行数の関係でそのことについては十分に触れ得なかったが、ここで改めて氏の最近の歌集『硬坐』の作品に即して氏の叙情性について書いてみたいと思う。

蛇口よりほとばしる水を手にうけてひと口ふくむ寒の一番

「蛇口よりほとばしる水」は清冽な叙情を想わせる。長く暗い水道管を経て、この世の光の中にほとばしり出た寒の水はまさに清冽さそのものであろう。また、「手にうけてひと口ふくむ」という動作にはその清冽さを己のものとして受け止めようとする水野の潔くて深い覚悟のようなものを感じさせる。

汚れつつなお融けるなく残る雪踏めば驚くばかりに固し

柔らかいと思って踏んだ道路端の残雪が意外と堅いことに驚いたという。まず、「汚れつつなお融けるなく残る雪」に目を向けるというところがいかにも水野らしい。貧しいものや社会的に恵まれないものに対する優しい思いやりは常に水野の根底にある。「汚れつつなお融けるなく残る雪」はそのような無名の市民に通じるものがあるようだ。下句はそのような無名の市民の強さの比喩とも取れようが、ここではあまり深読みしないで、日常の一場面と取りたい。水野の少年のような無垢で純粋な心が感じられる。

時ところあれば育ちて花ひらく一粒の種声もたてずに

この一首前の「人間解放の無名戦士の死のひとつ野に咲く花よ今日は涙す」と併せて観賞すると、この「一粒の種」は「人間解放の無名戦士」とも重なるが、これも文字通り植物の種と取っても差し支えなかろう。水野は、野や空き地でひっそりと着地し、芽を出し、育ち、やがて花を開き、次代の種子を実らせ、人間に愛でられることもなく、命から命を継いでゆく植物に心を寄せている。水野の心の優しさと叙情性を示すような作品である。

やわらかき光の注ぐ土手の道斜面の雪はなお融けずして

叙景歌である。東京郊外の都市、恐らくは水野の居住する鳩ヶ谷市の早春の休日の散歩道の嘱目であろうが、心が洗われるような一首である。「やわらかき光」はけがれない青春性と未来への希望を、「なお融け」ない「斜面の雪」は強い意思性を表しているようだ。

耳元に鋏のリズムを聞きながら目を閉じている眠ることなく

どうということのない日常のひとこまである。むしろ、特別なメッセージ性を敢えて排除した作品であるといえよう。しかしこの何か説明しがたいゆったりとした叙情性はなんであろうか。

近づきて遠ざかりゆく車輌音生活のリリシズムの余韻残して

「生活のリリシズムの余韻」、ひょっとしたら、それが水野の心のどこかで求めてやまないのかも知れない。

水野昌雄というと、どうしても硬派の社会的怒りの作品が取り上げられがちである。それらの作品は確かに重要であり、歌わなければならないことである。読者としても読んでいて極めて痛快である。しかし、その一方で、水野の怒りの背後にはこんな深い泉のようなみずみずしい叙情性があることにもきちんと眼を向けたいと思う。

あとがき

本書は私にとって初めてのエッセイ集である。短歌を作り始めて約四十年、歌集は十冊になり、作品鑑賞の本も二冊出したが、様々な雑誌や新聞に発表してきた文章も多数ある。そのような文章をこのまま捨ててしまうのも残念なので、思い切ってそれらを一冊に纏めることとした。既に逸散してしまっているものもあるが、取り敢えず、手元に残っている雑誌や新聞から自分の文章のコピーを取り始めた。我ながら実に様々な分野に渡って書いて来たと思うが、今回は、故郷能登のこと、能登出身の歌人でその人と作品を深く敬愛する岡部文夫と坪野哲久のこと、長く関わってきた中東イスラム世界のことなどを中心に整理した。内容的に重複する文章は捨てるようにしたが、それでもかなり重なる部分がある点はご容赦願いたい。なお、初出に一部加筆修正した部分もあるが、大きくは変えていない。構成の中でも故郷能登のことと中東アラブの比率が高いことから、タイトルは『雪降る国から砂降る国へ』とした。

なお、表記の問題で少し触れておきたい。私が滞在していた中東ペルシャ湾に浮かぶ砂粒程の小さな国の名前であるが、かつては日本では「バハレーン」と表記するのが一般的だった。日本外務省の公式表記も、私が勤めていた会社の社内表記も「バハレーン」だったが、ある時から、日本の外務省は「バーレーン」という表記に変更した。そのために本書の中でも「バハレーン」「バーレーン」が混在しているが、敢えて統一はしなかった。なお、かつては「首長国」であったが、現在は「王国」となっている。因みに、「バーレーン(バハレーン)」はアラビア語で「海」を意味する「バハル」という言葉の双数形で、「二つの海」という意味である。海に囲まれているが、古来より淡水が湧き出ていたという事による。

これまでこれらの文章を発表する機会を与えて下さった沢山の編集者の方々に感謝したい。また、雑多な文章を丹念に読んで下さり、取捨選択して構成し、更には引用作品を確認し、内容の疑問点などを指摘するという、きわめて面倒な仕事を引き受けて下さった青磁社の永田淳さんにも深く感謝したい。そして、いつもお世話になっている「塔」の会員の皆様にも改めて感謝したい。

略歴

三井修（みつい　おさむ）

昭和二十三年石川県生まれ、東京外国語大学アラビア語学科卒業。商社勤務を経て、一橋大学大学院言語社会研究科中退。その後、シンクタンク研究員、東京外国語大学非常勤講師等歴任。三十代より作歌を始める。現在、「塔短歌会」選者、北陸中日新聞選者等。歌集に『砂の詩学』（現代歌人協会賞受賞）から『海泡石』まで十冊、評論集に『永田和宏の歌』、『うたの揚力』。

青磁社評論シリーズ⑫

雪降る国から砂降る国へ

塔21世紀叢書第365篇

初版発行日　二〇二〇年六月二十七日
著　者　三井　修
定　価　三〇〇〇円
発行者　永田　淳
発行所　青磁社
京都市北区上賀茂豊田町四〇－一（〒六〇三－八〇四五）
電話　〇七五－七〇五－二八三八
振替　〇〇九四〇－二－一二四二二四
http://www3.osk.3web.ne.jp/~seijisya/
装　幀　濱崎実幸
印刷・製本　創栄図書印刷

ISBN978-4-86198-462-4 C0095 ¥3000E